古典詩歌研究彙刊

第十一輯

龔鵬程　主編

第 16 冊

《西崑酬唱集》探析

黃　金　椰　著

國家圖書館出版品預行編目資料

《西崑酬唱集》探析／黃金櫸 著 — 初版 — 新北市：花木蘭文
化出版社，2012〔民 101〕

序 2+ 目 2+158 面；17×24 公分

（古典詩歌研究彙刊 第十一輯：第 16 冊）

ISBN 978-986-254-734-2（精裝）

1. 宋詞 2. 詩評

820.91 101001396

ISBN-978-986-254-734-2

古典詩歌研究彙刊
第十一輯 第十六冊　　　　　ISBN：978-986-254-734-2

《西崑酬唱集》探析

作　　者　黃金櫸
主　　編　龔鵬程
總 編 輯　杜潔祥
出　　版　花木蘭文化出版社
發 行 所　花木蘭文化出版社
發 行 人　高小娟
聯絡地址　新北市永和區中正路五九五號七樓
　　　　　電話：02-2923-1455／傳眞：02-2923-1452
網　　址　http://www.huamulan.tw 信箱 sut81518@gmail.com
印　　刷　普羅文化出版廣告事業
初　　版　2012 年 3 月
定　　價　第十一輯 30 冊（精裝）新台幣 42,000 元

《西崑酬唱集》探析

黃金梛 著

作者簡介

黃金榔，臺灣省，嘉義縣人，1961年生，先後獲國立成功大學文學學士，國立政治大學文學碩士，國立高雄師範大學國文系博士，現任嘉南藥理大學通識教育中心副教授，教授中國哲學導論、應用文及習作等課程；主編《中國哲學導論》〈新文京一，二版〉，論文著作有《西崑酬唱集研究》、《魏晉玄學言意之辨及其對後代詩學理論之影響》，發表單篇論文有〈從漢末人物品鑑至魏正始玄學之轉向——論劉邵人物志人才學思想〉、〈儒學玄學化王弼易學試探〉、〈莊子虛靜心及其在藝文創作之意義初探〉、〈試論孔子之天命思想〉、〈從兩漢到魏晉時期人性論之發展〉、〈鍾嶸詩品對司空圖詩論之影響〉、〈東晉葛洪神仙思想探析〉等多篇；未來研究方向主要為魏晉玄學思想，漢魏六朝道教神仙思想，唐、宋詩學理論。

提　　要

本文凡分六章，約十萬字

首章敘研究動機及方法：

一、動機：中國詩歌史上，西崑體，佔有一定地位，西崑之為體，實得名於西崑酬唱集，故要瞭解西崑體，則必須從西崑酬唱集入手；又歷來學者論詩每有唐宋詩之分，西崑之時代，正是唐詩轉變成宋詩之關鍵，故研究西崑酬唱集，上可溯唐詩，下可窺兩宋，如此唐宋詩涇渭當可分明。

二、方法：文學作品與時代環境關係密不可分，尤以中國文學為然，西崑酬唱集為宋初民風裕泰之產物，其詩素以迷離閃爍見稱，於時代環境，作家個人際遇一無所悉，則難明詩中意旨，故本文先從歷史傳記考察入手，再從作品本身見其思想感情及藝術成就，換言之，即採一種外緣，內在合一的綜合研究法。

二章考察宋初詩壇創作狀況：分晚唐體，白體，西崑體三派，分別（一）考各派興起之因，（二）考各派作家傳略，（三）考各派作品得失，並從掃清五代浮弱詩風，確立西崑體在宋初詩壇的地位。

三章敘西崑酬唱集編纂及重要傳本；蒐集現存西崑酬唱集重要傳本凡得七種，即明嘉靖刊本，清周楨、王圖煒合注本，四庫全書本，浦城遺書本，粵雅堂叢書本，民國鄭再時箋注本，王仲犖注本，其中清周楨，王圖煒合注本及民國鄭再時箋注本為新出資料，國內少見，於理解西崑詩意頗有幫助。

四章敘西崑酬唱集詩歌內容；採知人論世及以意逆志方法，探尋詩歌意旨，以見其非託之空言，並修正前人評西崑詩內容空洞，缺乏真實情感之偏見。

五章敘西崑酬唱集詩歌形式；分別從章法，用典，對偶，設色，用韻諸方面來看西崑詩的創作技巧。

六章餘論；從西崑作家學李商隱詩包蘊密緻，清峭感愴特點修正前人以為但取其學李商隱麗詞之說，並從矯五代詩風，開啟宋詩大道，肯定西崑詩人的文學史上地位。

目次

序

筆者在寫這篇序時，正是母親節的前夕，心裏有著頗多的感觸。

寫過了這篇序時，整個的論文工作便算告了一段落，然而，當細數這年來爲著論文事而忙碌的生活情景，不禁有種「卻顧所來徑，蒼蒼橫翠微」之感，曾經有過好幾次夜晚無法入眠的經驗，滿腦子是如何面對下面文該寫些什麼的問題，然而，每一次都能在困勉思慮之下，突破難關，於是下一步的路又通了，這種從心急如焚到如釋重擔的悲喜起落互見的心境，是難以爲外人道的，但曾經生活過的點點滴滴，並不是什麼都沒有留下，這樣一疊疊的手跡，以及從內心泛昇的一種學術莊嚴之感，便是這一年來精神加時間所換得的，既然已經盡了力了，其實成就到什麼樣的程度，也就不須太過計議了。

很感謝父母親提供我一個沒有後顧之憂的家庭，使我能夠順利完成各階段的學業，尤其是這一年來讓我全心全力專注在我的論文撰寫上，還有幾個哥哥姐姐提供給我精神上及經濟上的支援，當我困頓於案前時，想到他們對我的關心，內心總有無比幸福之感而能繼續努力下去。

在論文預備寫作與修改期間，還要特別感謝朱自力老師的指導，雖然這一年間，他到韓國釜山大學講學，但他那麼熱心的幫忙我蒐集到國內看不到的資料，並且指正我的錯誤，使我能順利完成論文撰寫

工作，還有呂所長也從中幫了大忙，要不是他們，我想是寫不出來的。

　　限於本身的學業，本篇論文寫來必然有許多不成熟的地方，其間舛誤之處，必然多有，殷切的期望專家學者多給予指正。

　　　　　　　　　　　　中華民國七十八年五月十三日

　　　　　　　　　　　　黃金榔謹序於政大中文所

第一章　緒　論

第一節　研究《西崑酬唱集》的動機與目的

　　當我們翻閱一般中國文學史時，通常它會提供我們一種概念，這種概念即是「一代有一代之文學」，如賦是漢代的主要代表文學，詩是唐代的主要代表文學，詞是宋代的主要代表文學，曲是元代的主要代表文學等等，以詩而論，一般人的概念裡談到詩時便會想到唐代，至於唐以後的詩，通常被認為不具有代表性，因此常常忽略了它的存在，筆者以為這個概念，雖具一般的常識性，但不乏可議之處，例如日本學者吉川幸次郎先生在他的《宋詩概論》一書中，即強調說，宋詩不管在創作數量上，或是作家人數上都有超越唐詩的地方，他並舉例說明，他說：

> 清厲鶚的《宋詩紀事》一書，蒐羅宋代詩人傳記或軼事，可說最為賅備，所提南北宋詩人共達三千八百十二家。較之清康熙皇帝敕撰的「全唐詩」作者二千三百餘人，多了一千五百人。其次是詩人所傳詩篇的數量，往往大的驚人。越是大詩人越是如此。南宋的代表詩人陸游，現今所傳的就有九千二百首……梅堯臣有二千八百首；王安石一千四百首，蘇軾三千四百首，范成大一千九百首，楊萬里三千

多首。唐朝詩人中，最多產的要算白居易了，也不過二千八百首。杜甫有二千二百首，李白一千多首，至於王維，韓愈等其他詩人，都在千首以下，就更等而下之了。現在已有《全唐詩》，但還沒有《全宋詩》。如果《全宋詩》一旦出現，恐怕可以收錄數十萬首，《全唐詩》雖有四萬多首，但相形之下就不免要見絀了。」〔註1〕

因此，他肯定了宋代的韻文文學的主流，從頭到尾還是詩，而不是詞。

在這裏，我們可以很明顯地看出，宋詩不論在作品的數量上或是作家的人數上，的確是有足夠的份量來與唐詩爭勝的，所以實在不可說唐以後的詩就不足觀，而將研究的重心盡集中在唐詩這一部分，以致忽略宋詩的存在，基於這樣的認識，因此筆者選擇宋代的西崑詩來作為研究的對象。

「詩家總愛西崑好，獨恨無人作鄭箋」〔註2〕這是元遺山評論李商隱詩的一句括，可是如果將這句話直接視為是對宋初楊億等人西崑詩的評論，也並沒有什麼不可以，因為從宋代楊億等人《西崑酬唱集》傳世後，「西崑」一辭，幾乎就是李商隱詩與宋初西崑詩的共同名稱，然而就如清初馮定遠在《嚴氏糾繆》中所指出的，李商隱時代，只有「三十六體」之名，並無所謂的「西崑體」，「西崑體」的名稱是從宋初楊億等人的「西崑酬唱集」得名而來，所以「西崑體」與「李商隱詩」應有所區分〔註3〕，不過由於楊億等西崑作家詩取法李商隱，兩者都以取材迷離閃爍，詩旨隱晦見稱，具有這種密切的關係，因此李商隱詩被稱為「西崑體」，也可說是其來有自了。可是值得注意的是宋初楊億等西崑詩人為什麼要學李商隱呢？李商隱詩到底有什麼特點，吸引楊億等西崑作家的喜好而來學李商隱詩呢？是因為李商隱詩的麗辭，還是有其他的原因呢？筆者以為這是一個值得深入探討的問題之一。

〔註1〕參見吉川幸次郎著《宋詩概論》，頁7至頁8，聯經。
〔註2〕參見《元遺山詩集箋注》卷一一，廣文。
〔註3〕參見馮班著《鈍吟雜錄》卷五，頁174，廣文。

　　近來學者對於李商隱詩的研究工作，已有相當可觀的成績，李商隱詩的深藏底蘊，也逐漸被挖掘出來，民國 73 年中山大學曾編了一部《李商隱詩研究論文集》，裏面蒐羅了六十七篇國內知名學者專家討論李商隱詩的論文，這可算是近人研究李商隱詩成果的展現，對於李商隱詩的研究是如此的熱絡，相形之下，對於宋初學李商隱詩的西崑詩的研究，就不免顯得冷清多了，據筆者所知，對西崑詩的研究，除了黃啓方先生有一篇宋初詩壇與西崑詩體的論文外，就只有一兩篇小幅散論了，以西崑在宋初流行的盛況，以及它在中國詩歌史上具有的一定地位來看，這樣的研究數量恐怕是不夠的，因此筆者很想進一步地對這個題目作較全面性的研究。

　　此外，由於歷來學者論詩往往有唐詩宋詩的分別，如日人吉川幸次郎的《宋詩概論》就有唐詩偏於抒情，宋詩偏於敘述的說法，宋初西崑體流行的時代，正是唐詩轉變爲宋詩的重要關鍵；所謂「試向西崑窺兩宋，何曾涇渭不同源」〔註4〕筆者以爲如果能夠從西崑詩的研究作一起點，然後再上溯唐詩，下窺兩宋，如此，對於唐宋詩的差異，或許較能深入的掌握。

　　以上所述是筆者所以選擇研究這個題目的動機及目的所在。

第二節　研究的方法與步驟

　　爲了有效地達到本文研究的目的，筆者在方法上作了一番抉擇；一般而論文學作品的研究方法很多，如中國文學傳統上有「知人論事」及「以意逆志」的方法，近來西方也有內在、外緣的研究〔註5〕，也有從道德，心理，社會，形構，神話基型等不同的角度進行分析的〔註6〕，

〔註 4〕參見孫克寬〈閩宋一鱗〉，收錄於《中國古典文學論文精選叢刊》，頁 256，幼獅。
〔註 5〕韋勒克等所著《文學論》（Theory of Literature）即將文學的研究如此區分，志文。
〔註 6〕徐進夫所譯的《文學欣賞與批評》一書（A Handbook of Critical Approaches to Literature）曾標榜這些批評法，幼獅。

但是上述這些方法，並不是互相排斥的，相反的，它們同時可以被建立在同一個研究方法的系統上。

由於文學作品與時代環境有密切不可分的關係，這點，特別是中國文學表現得更明顯，《西崑酬唱集》係宋初民風裕泰的產物；其詩又素以迷離閃爍見稱，於時代環境，作家個人際遇一無所知，則難明詩中的意旨，故本文先從歷史傳記考察入手，其次，再將作品劃分成內容與形式兩部分，內容部分尤偏重採用「知人論世」以及「以意逆志」的方法來探尋詩中的意旨；形式部分，則重在作品手法的分析，以見出詩的藝術成就；換言之，即採用一種形式與內容合一的綜合研究法，這樣既不偏於內在，也不偏於外緣；是一種內在與外緣互相兼顧的較好方法。最後再以餘論統攝形式內容的研究成果，對於前人的誤解提出澄清，並評定西崑詩的文學史地位。

第二章　宋初詩壇的考察

　　考察宋詩，學者往往採用分派分體的方式，此猶如考察唐詩，學者通常採用分期的方式一樣，目的都在尋求考察上的便利；元人方回在〈送羅壽可詩序〉一文中曾說：

> 宋剗五代舊習，詩有白體、崑體、晚唐體，白體如李文正、徐常侍昆仲、王元之、王漢謀，崑體則楊、劉《西崑集》傳世，二宋、張乖崖、錢僖公、丁崖州皆是，晚唐體則九僧最逼真，寇萊公、魯三交、林和靖、魏仲先父子、潘消遙、趙清獻之父，凡數十家，深涵茂育，氣極勢盛。[註1]

方回的話，適巧為我們對宋初詩壇的考察描繪一幅藍圖，他清楚地指出宋初詩壇的白體、崑體、晚唐體及其代表作家，不過，他將崑體置於晚唐體之前，跟他們在宋初詩壇流行的時間略有出入，推考三體流行的年代，白體流行期約自太祖建隆元年（960）起，至真宗咸平四年（1001）王禹偁卒止，共四十二年；晚唐體流行期約自太平興國五年（980）起，至仁宗天聖六年（1028）止，共計四十九年，崑體流行期，約起於宋真宗咸平元年（998），至仁宗明道二年（1033）丁謂卒止，共三十六年，是為西崑盛行期，自明道三年（1034）起，至英宗治平三年（1066）宋庠卒止，共三十三年，是為西崑衰微期，總計西崑體的流行時間共計六

〔註 1〕參見《桐江續集》卷三二，《文淵閣四庫全書》本，商務。

十九年〔註2〕，故宜將西崑體置於晚唐體之後。

　　本章考察的方式，即依照方回的分體原則，將宋初詩壇作家劃分三派，概括考察各體作家的傳略及作品的優劣得失，進而瞭解宋初詩壇的整個創作狀況，以見出西崑體在宋初詩壇的重要地位；惟在考察的次第上則置晚唐體於西崑之前。

第一節　白體派的考察

　　宋初，剛結束五代紛擾的局面，建立起新的統一王朝，雖自太祖起即偃武修文，重用文學之士，畢竟天下初定，詩人猶少養成，所以初期的宋代詩壇所謂的作家，仍以五代遺臣為主，這時的詩家有李昉，徐鉉，徐鍇，王漢謀諸人，另有童年即入宋的王禹偁，其中尤以王禹偁最突出，號為盟主，此由《蔡寬夫詩話》見知：

> 國朝初沿襲五代之餘，士大夫皆宗白樂天，王黃川主盟一
> 時〔註3〕

這些作家，他們作詩習尚以學白樂天為主，所以詩壇上就稱此派詩人為白體派。

　　因為白體派詩宗白居易，所以在考察這派作家之前，實有必要先就白居易作詩的特點進行瞭解。

　　白居易是中唐新樂府運動的倡導者，他有一篇很重要的詩歌創作主張，具體地要求詩歌必須擔負社會改革的責任，此項重要宣言揭示在他〈與元九論作文大旨書〉中：

> 夫文尚矣，三才各有文……人之文，六經首之，就六經言，
> 詩又首之，何者？聖人感人心而天下和平。感人心者，莫
> 先乎情，莫始乎言，莫切乎聲，莫深乎義，詩者，根情、
> 苗言、華聲、實義；……洎周衰秦興，采詩官廢，上不以
> 詩補察時政，下不以歌洩導人情，乃至於諂成之風動，救

〔註2〕參見梁昆著《宋詩派別論》，頁11、19、26，東昇。
〔註3〕參見《苕溪漁隱叢話前集》卷二二引《蔡寬夫詩話》，長安。

失之道缺。於時六義始刜矣。國風變爲騷辭，五言始於蘇李。蘇李騷人，皆不遇者，各系其志，發而爲文。故河梁之句，止於傷別，澤畔之吟，歸於怨思……然去詩未遠，梗概尚存。故興離別則引雙鳧一雁爲喻，諷君子小人則引香草惡鳥爲比，雖義類不具，猶得風人之什二三焉，於時六義始缺。晉宋以還，得者益寡，以康樂之奧博，多溺於山水……於時六義寖微矣，陵夷矣。至於梁陳間，率不過嘲風雪，弄花草而已……於時六義盡去矣。唐興二百年，其間詩人不可勝數。所可舉者，陳子昂有感遇詩二十首，鮑防有感興詩十五首。又詩之豪者，世稱李杜。李之作，才矣奇矣，人不逮矣，索其風雅比興，十無一焉。杜詩最多，可傳者千餘首，至今貫串今古，覼縷格律，盡工盡善，又過於李，然撮其新安吏、石壕吏、潼關吏、塞蘆子、留花門（原本作新開安石壕潼關吏蘆花開花門，據《全唐文》校改）之章，朱門酒肉臭，路有凍死骨之句，亦不過三四十（首），杜尚如此，況不逮杜者乎！〔註4〕

在這篇宣言中，白居易首先肯定文學的重要性，並確立詩歌的重要功用，他認爲詩歌最能夠感動人心，因詩以情爲根，以言爲苗，以聲爲華，以義爲實，具備這些特性，所以詩最能反映社會人情，詩歌的價值就是建立在補察時政，洩導人情之上的，如此，詩人在從事詩歌創作之時，才能文質並重，一方面既不輕視文學的思想內容，另一方面又可顧及文學的藝術表現。

白居易揭示這項以文學改造社會的宣言，所以他在詩歌的創作上講求「篇篇無空文，句句必盡規」、「惟歌生民病，願得天子知」〔註5〕，在語言文字的運用上，不標奇立異，但以明白坦易的作風，達到老嫗皆曉的目的。

白居易這種文學主張，使文學與社會的關係聯繫起來，文學的重

〔註4〕《白氏長慶集》卷二八，《四部叢刊》本。
〔註5〕《白氏長慶集》卷一，〈寄唐生詩〉。

要性因此更爲加強。

　　至於他在創作上，除了一部分作品因爲過於求通俗以致意盡外〔註6〕，大多數的作品則能表現出一種特有的藝術成就，關於此種藝術成就，趙甌北有相當深刻的認識，他說：

> 中唐詩以韓孟元白爲最，韓孟尚奇警，務言人所不敢言，元白尚坦易，務言人所共欲言。試平心論之，詩本性情，奇警者，猶第在詞句間爭難鬥險，使人蕩心駭目，不敢逼視，而意味少焉。坦易者，觸景生情，因事起意，眼前景，口頭語，自能沁人心脾，耐人咀嚼，此元白較勝韓孟〔註7〕。

這種尚坦易，務人所共欲言，觸景生情，因事起意，以口頭語寫眼前景，達到沁人心脾，耐人咀嚼的藝術成就，正是白居易詩所獨有的。也是後人所要學習白居易的地方。

　　瞭解白居易的文學主張以及詩歌創作的特點之後，下面便來探討宋初白體派的作家。

　　一、王禹偁，字元之，鉅野人，後周世宗顯德元年（954）生，宋眞宗咸平四年（1001）卒，年四十八。太平興國八年（983）進士，官至知制誥，曾任黃州知事，故又叫王黃州，著有《小畜集‧三十卷》，《外集‧七卷》，《宋史》有傳〔註8〕。

　　王禹偁是刻意學白的作家，他在〈示子詩〉中說：「本與樂天爲後進，敢期子美是前身」，在註此詩時說：「予自謫居時，多取白公詩時時玩之」〔註9〕，〈急就詩〉說：「賜來三載錦囊盛，今日重信倍覺榮。元白當時皆謫宦，不聞將得御書行」〔註10〕，〈得昭文李學士書報以二絕其一〉說：「謫居不敢咏江籬，日永門閑何所爲，多謝昭文

〔註6〕元輕白俗，白俗本指出白居易詩之病，惟今人錢鍾書更進一步指出說：「香山詩被後世詬病的，不在通俗，而在於盡」見《宋詩選繹》，頁107。
〔註7〕參見《甌北詩話》卷四，收入《清詩話續編》，頁1173，木鐸。
〔註8〕參見《宋史》卷二九三〈王禹偁傳〉，鼎文。
〔註9〕《小畜集》卷九，《四部叢刊》本。
〔註10〕《小畜集》卷八。

李學士，勸教枕藉樂天詩」〔註11〕，從這些詩看來，王禹偁對白居易備極思慕之情，一部分原因是白居易謫居生活類似自己之故。

　　王禹偁既然學白，他在詩歌創作上表現如何呢？許顗《彥周詩話》評他的詩說：「本朝王元之詩可重，大抵語迫切而意雍容」〔註12〕，賀裳《載酒園詩話》也說：「王禹偁秀韻天成……雖學樂天，得其清，不墮其俗」〔註13〕，這些評語，俱能見得王禹偁詩的長處，而翁方綱《石洲詩話》則說：「小畜集五言學杜，七言學白，然皆一望平弱」〔註14〕，卻也指出王禹偁詩的弱點，綜合來看，平弱固是王禹偁詩的弱點，但清雅卻是王禹偁詩的長處。詩如：「馬穿山徑竹初黃，信馬悠悠野興長。萬壑有聲含晚籟，數峰無語立斜陽。棠梨葉落胭脂色，蕎麥花開白雪香，何事吟餘忽惆悵，村橋原樹似吾鄉。」（山行）

　　二、徐鉉，字鼎臣，廣陵人，後梁末帝貞明三年（917）生，宋太宗淳化三年（992）卒，年七十六，仕南唐，累官翰林學士，歸宋後，為直學士加給事中，散騎常侍，著有《騎省集》三十卷，《宋史》有傳〔註15〕。

　　晁公武於《郡齋讀書志》說徐鉉為文未嘗沈思，自云：「速則意思壯，緩則體勢疏慢」〔註16〕足見徐鉉屬於援筆立就型的詩人，宋人魏泰《臨漢隱居詩》特別稱許他的〈喜李少保十鄰詩〉「井泉分地永，砧杵共秋聲」，以此句尤閒遠〔註17〕，翁方綱《石洲詩話》則說：「騎省雖入宋初，尚沿晚唐靡弱之音」〔註18〕，此指出徐鉉詩的缺點，《四庫提要》評徐鉉的詩說：「其詩流易有餘而深警不足」〔註19〕此頗能

〔註11〕同註10。
〔註12〕參閱許顗《彥周詩話》，收入《歷代詩話》，頁238，藝文。
〔註13〕參見賀裳《載酒園詩話》，收入《清詩話續編》，頁402，木鐸。
〔註14〕參見翁方綱《石洲詩話》，收入《清詩話續篇》，頁1041，木鐸。
〔註15〕參見《宋史》卷四四一〈徐鉉傳〉。
〔註16〕參考晁公武《郡齋讀書志》卷四中，商務。
〔註17〕參見魏泰《臨漢隱居詩話〉，收入《歷代詩話》，頁190，藝文。
〔註18〕同註14。
〔註19〕參見《四庫提要》卷一五二，藝文。

道出徐鉉作詩的得失，綜合來看，徐鉉作詩因不喜預作，故有深警不足之病，但他置身五季之末，那流易有餘的詩風，從一時體格看來，則是迥然孤秀於五代之末的。其詩如「浮名浮利信悠悠，四海干戈痛主憂，三諫不從為逐客，一身無累似虛舟。滿朝權貴皆曾忤，繞郭林泉已遍遊。唯有戀恩終不改，半程猶自望城樓。」（〈貶官泰州出城作〉）

三、徐鍇，字楚金，為徐鉉之弟，後梁末帝貞明六年（920）生，宋太祖開寶七年（974），年五十五。後唐李璟見其文，以為秘書省正字，累官內舍人，後因徐鉉奉使入宋，憂懼而卒，《宋史》將他的傳附於徐鉉下。〔註20〕

據《宋史》載稱，李穆出使江南見徐鉉、徐鍇兄弟文章，歎稱二陸不能及〔註21〕；並說他著有文集，足見徐鍇在當時也是享有文名的詩人，可惜所作今不傳，今所見為文字學著作如《說文繫傳》，《說文解字篆韻譜》，其詩作成績如何？就不得而知了。

四李昉，字明遠，深州饒陽人，後唐莊宗同光三年（925）生，宋太宗至道二年（996）卒，年七十二。漢乾祐中舉進士，周顯德中，仕至翰林學士。入宋，歷翰林侍讀學士，拜中書侍郎，平章事，以特致司空致仕，卒贈司空，謚文正〔註22〕，晚年與參政李公至為唱和友，有《二李唱和集》傳世，編有《太平御覽》、《太平廣記》、《文苑英華》諸書。

李昉官位甚顯，文名亦盛，雖位居臺閣，但所作詩文，辭理明白，不重藻飾，《宋史》稱其為文章，慕白居易，淺近易曉〔註23〕，本來，臺閣之作，每易流於典麗華贍，然李昉詩卻多平夷雅正，不求瑰麗，不務奇險，確實有得於香山詩體。例如「疏簾搖曳日輝輝，直閣深嚴半掩扉。一院有花春晝永，八方無事詔書稀。樹頭百囀鶯鶯語，梁上

〔註20〕參見《宋史》卷四四，〈徐鉉傳〉下附「徐鍇」，鼎文。
〔註21〕同註20。
〔註22〕參見《宋史》卷二六五，〈李昉傳〉。
〔註23〕同註22。

新來燕燕飛，豈合此身居此地，妨賢尸祿自知非。」（〈禁林春直〉）。

經由上面的考察，我們可以歸納白體派作家作品的得失如下：

白體派的長處有：

（一）明白坦易：白居易作詩，不事奧詞奇語，但求坦易明白，宋初白體派詩人也能表現這種特色，如李昉〈禁林春直〉，王禹偁的〈山行詩〉等，既不事奧語，也無雕琢之痕。

（二）樸實自然：白居易作詩，情到語流，無粧點之病，宋初白體派作家也能表現此項優點，如徐鉉〈貶官泰州山城作〉詩，但脫口道出，情感眞實自然，沒有絲毫虛偽矯飾之態。

（三）詞衍意淺：張戒於《歲寒堂詩話》中批評白居易的詩說：「其詞傷於太煩，其意傷於太盡，遂成冗長卑陋爾」〔註24〕，太煩因詞衍，太盡則因意人露，近人錢鍾書也指出說：「香山詩被後世詬病的，不在通俗，而在於盡」〔註25〕，可見詞衍意盡是白居易詩一病，宋初白體作家也難免此病，如徐鉉〈除夜〉詩：「寒燈耿耿漏遲遲，送故迎新「了不欺」。往事并隨殘曆日，春風寧識舊容儀。預慚歲酒難先飲，更對鄉儺羨小兒。吟罷明朝贈知己，便須題作去年詩。」據梁崑指出首聯「了不欺」三字衍，尾二句亦衍〔註26〕，而實際上此詩意亦淺露。

（四）率意氣弱：明陸時雍《詩鏡總論》說：「書有利澀，詩有難易，難之奇，有曲澗層巒之致，易之妙，有舒雲流水之情，……難而苦爲長吉，易而脫爲樂天，則無取焉」〔註27〕，所謂「易而脫」爲即指率意而成，不加留心之意，率然而成，因此有深警不足之病，又如王禹偁〈中元夜仙泉寺題詩〉：「祭廟回來略問禪，蘇牆莎井碧山泉。風疏遠磬秋開講，水響寒車夜救田。藍綬有花香菡萏，竹窗無寐月嬋

〔註24〕參見張戒《歲寒堂詩話》，收入《歷代詩話續編》459。
〔註25〕參見錢鍾書撰《宋詩選繹》，頁107。
〔註26〕參見梁崑撰《宋詩派別論》，頁9，東昇。
〔註27〕參見明陸時雍《詩鏡總論》，收入《歷代詩話續編》，頁1418。

娟。自慚政術貽枯旱。忍臥松陰漱石泉。」一首七律中，泉字韻重出，此即率意而成，不加留意的結果。

又張戒《歲寒堂詩話》說：「元白……樂府，專以道得人心中事爲工，然其詞淺近，其氣卑弱」〔註28〕，又指出氣弱是樂天詩的一病，而宋初白體派作家也同樣犯有此病，如翁方綱評徐鉉詩說：「騎省雖入宋初，尚沿晚唐，靡弱之音」〔註29〕，又評王禹偁詩說：「小畜集五言學杜，七言學白，然皆一望平弱」〔註30〕，而靡弱之音與一望平弱正是氣弱造成的。

第二節　晚唐體派的考察

宋初，正當白體派流行之際，號爲晚唐體的一批詩人，也逐漸興起於詩壇，遂與白體派形成角立的局面，此一詩派成員有寇準、林逋、潘閬、魏野、九僧、趙湘、魯交等，其中除寇準外，大都是處身山林的隱士及僧人。

這一詩派，既標名晚唐，自然是他們作詩以學晚唐爲歸，但文學史上的晚唐詩，舉其重要者大抵有三支〔註31〕，一支學張籍，成員有朱慶餘、陳標、任藩、章孝標、司空圖諸人，一支學賈島，有李洞、姚合、方干、喻鳧、周賀諸人，一支則以李商隱爲中心，有杜牧、溫庭筠、韓偓、唐彥謙諸人，惟宋初晚唐體派詩學賈島〔註32〕，所以本

〔註28〕參見張戒《歲寒堂詩話》卷上，收入《歷代詩話續編》，頁450。
〔註29〕同註14。
〔註30〕同註14。
〔註31〕楊愼《升菴詩話》卷一一將晚唐詩分成二支，一支學張籍，一支學賈島，然晚唐之詩，李商隱、杜牧、溫庭筠、韓偓、唐彥謙這支唯美派作家甚突出於詩壇，不可忽略，故本文特此增入，而說晚唐詩舉其重要者可分作三支云云。
〔註32〕宋初晚唐體詩學賈島，此由梁昆一段論證得知，梁昆說：「五代詩家俱法唐人，一派宗白樂天，一派宗賈閬仙，《寬夫詩話》曰：『唐末五代俗流以詩自喜者，皆宗賈島，謂之賈島格，而於李杜不少假借。』此派即沿五代而宗閬仙者。閬仙體盛於晚唐，故名此派

節在考察晚唐體派作家之前，先就賈島作詩特點進行考察：

賈島，字閬仙，范陽人，早年因考場失利，而入浮屠，法名無本〔註33〕，及遇韓愈而還俗，賈島作詩深受韓愈所推崇，惟賈島一生，仕宦不顯，遂致鬱鬱以終。因賈島曾入韓門，作詩不免受韓愈影響，韓愈作詩特點有：（一）以散文句法入詩，（二）押險韻，用奇字，造怪語，換言之，即從鍛練字句的技巧上入手，賈島作詩，在字句的鍛練上更見用力，「二句三年得，一吟雙淚流」足以使人想像出他那種冥搜詩句，刻苦以赴的作詩態度，韓愈送給他的詩說：「孟郊死葬北邙山，日月星辰頓覺閒，天恐文章中斷絕，再生賈島在人間。」〔註34〕以他是詩壇上繼孟郊之後最適當的詩人，更突出他清奇僻苦的形象。

賈島作詩的特點，明人楊慎《升菴詩話》說得頗清楚，他說：

晚唐……一派學賈島……其詩不過五言律，更無古體。五言律起結皆平平，前聯俗語十字一串帶過，後聯謂之「頸聯」，極其用工，又忌用事，謂之「點鬼簿」，惟搜眼前景而深刻思之，所謂「吟成（安）五個字，撚斷數莖鬚」也。〔註35〕

這段話很能指出賈島作詩的習尚，茲將這段話再歸納成以下幾項重點：（一）以五律為主，（二）頸聯極用工，（三）忌用事，視用事為錄鬼簿，貴白描，（四）重景聯，（五）重鍊句。

瞭解賈島作詩特點後，下面便來探討宋初晚唐詩派的傳略與作品

曰晚唐詩派。《瀛奎律髓》曰：「太宗朝詩人多學晚唐，」詳考載籍，亦各有徵，如潘閬〈憶閬仙詩〉：「風雅道何玄，高吟憶閬仙，人雖終百歲，君合壽千年，骨已埋西蜀，魂應北入燕，不知天地內，誰能讀遺編？」推崇賈島，可謂備至！則閬詩必宗賈島。《載酒園詩話》：「九僧詩俱宗閬仙。」則九僧詩亦宗賈島。《瀛奎律髓》：「萊公詩學晚唐，與九僧體相似」則寇準亦宗賈島……《瀛奎律髓》：「林和靖詩，予評之在姚合之上」則〈林逋〉亦宗賈島。故晚唐詩派皆宗賈島無疑。見梁昆撰《宋詩派別論》，頁17至頁18。
〔註33〕參考《唐才子傳校正》一書，頁138，文津。
〔註34〕此詩《全唐詩話》卷三有引，收入《歷代詩話》，頁78，藝文。
〔註35〕參見楊慎《升菴詩話》卷一一，收入《歷代詩話續編》，頁851，木鐸。

得失。

一、寇準，字平仲，華州下邽人，宋太祖建隆二年（961）生，宋仁宗天聖元年（1023）卒，年六十三。太平興國中進士，淳化五年參知政事，眞宗朝，累官尙書右僕射，集賢殿大學士，同中書門下平章事，封萊國公，乾興初，貶雷州司戶參軍，徙衡州司馬卒，諡忠愍，《宋史》有傳〔註36〕著有《寇忠愍公集》三卷。

寇準官位顯赫，但他的詩卻不類他的地位，反而含思悽惋，專詠個人一己的悲哀。《苕溪漁隱叢話》說：「忠愍詩如「杳杳煙波隔千里，白蘋香散東風起，日落汀洲一望時，愁情不斷如春水。」觀此語意，疑若優柔無斷者，至其……決澶淵之策，其氣銳然，奮仁者之勇，全與此詩意不相類。」〔註37〕，《四庫提要》評他的詩也說：「乃含思悽婉，綽有晚唐之致，然骨韻特高，終非凡豔所可比」〔註38〕，可見含思悽婉，形成寇準詩的特色。本來由唐末至五代的亂世，士人不受重視，處於不得志的年代，感懷身世，發爲悲哀之詩是可以理解的，既入宋朝，過去可能布衣終其一生的士人，現在卻可高踞朝廷要職，理當揚棄悲哀，但因舊來的作詩觀念依未改，因此產生寇準詩此種實際生活與詩中感情的矛盾〔註39〕，其詩如：「高樓聊引望，杳杳一川平。野水無人渡，孤舟盡日橫。荒村生斷靄，古寺語流鶯。舊業遙清渭，沈思忽自驚。」（〈春日登樓歸懷〉）。

二、九僧：所謂九僧者：（一）劍南希晝，（二）金華保暹，（三）南起文兆，（四）天臺行肇，（五）沃州簡長，（六）貴城惟鳳，（七）淮南惠崇，（八）江南字昭，（九）峨眉懷古。

歐陽修《六一詩話》記載：「國朝浮圖，以詩名於世者九人，故時有集號九僧詩，今不復傳矣，余少時聞人多偁之。其一曰惠崇，餘

〔註36〕參考《宋史》卷二八一〈寇準傳〉，鼎文。
〔註37〕參考《苕溪漁隱叢話・後集》卷第三〇，頁137，長安。
〔註38〕參見《四庫提要》卷一五二，頁3011，藝文。
〔註39〕參見吉川幸次郎《宋詩概論》，頁70至頁71，聯經。

八人者，忘其名字也，余亦略記其詩，有云：「馬放降來地，鵰盤戰後雲」。又云：「春生桂嶺外，人在海門西」。其佳句多類此，其集已亡，今人多不知有所謂九僧者矣，是可歎也。」〔註40〕

　　足見九僧是一群唐末五代延續下來的詩人，曾盛名於一時，後來卻因時移世變，加以讀者興趣的轉移，遂致詩名隱沒，歐陽修也僅能略記惠崇一人姓名而已，並為九僧詩不傳而致嘆。稍後九僧姓名始全部重現於司馬光《續詩話》中，《續詩話》說：

　　　　歐陽公云：九僧詩集已亡，元豐元年秋，余遊萬安山玉泉
　　　　寺，于進士閔交如舍得之。〔註41〕

九僧詩名能夠流傳於後世，實在有賴司馬光的發現了。

　　既然九僧詩如此難得才流傳下來，其詩表現又如何呢？司馬光於《續詩話》說：「九僧詩者……其佳者亦止於世人所偁數聯耳」〔註42〕，此似乎以為九僧詩還有不足處。方回《瀛奎律髓》說：「人見九僧詩或易之，不知其幾鍛鍊幾敲推及成，一句一聯，不可忽也」〔註43〕，則能見到九僧詩的好處，平心來看九僧詩，勝處在於詩律精工，佳句特多，至於缺點則在取材狹窄，常為風雲月露之態所困，而且除五律以外，諸體不足以觀，其詩如「地近得頻到，相攜向野亭。河分岡勢斷，春入燒痕青。望久人收釣，吟餘鶴振翎。不愁歸路晚，明月上前行。(〈訪楊雲卿淮上別墅〉‧惠崇作)，又如「南樓山重疊，歸心向石門。寄禪依鳥道，絕食過漁村。楚雪黏瓶凍，江沙濺衲昏。白雲深隱處，枕上海濤翻。」(〈送行禪師〉‧簡長作)

　　三、潘閬，字逍遙，一云自號逍遙子〔註44〕，大名人，生卒年未詳，曾居錢塘，太宗召對，賜進士第，曾與王繼恩友善，後繼恩下獄，牽連逃亡，咸平初至京，被捕，真宗開釋其罪，以為滁州參

〔註40〕參見歐陽修《六一詩話》，收入《歷代詩話》，頁157，藝文。
〔註41〕參見司馬光《續詩話》，收入《歷代詩話》，頁167。
〔註42〕同註41。
〔註43〕參見方回《瀛奎律髓》卷四七《文淵閣四庫全書》本。
〔註44〕參見江少虞撰《宋朝事實類苑》卷第三六，頁461，源流。

軍〔註45〕，潘閬曾與當時文士，如王禹偁、寇準、宋白諸人交游，彼此酬答，詩名頗重，著有《逍遙集》一卷。

　　依據宋人江少虞《事實類苑》記載說：「閬酷嗜吟永……嘗自詠〈苦吟詩〉曰：「髮任莖莖白，詩須字字清」，又〈貧居詩〉曰：「長喜詩無病，不憂家更貧」……〈寄張詠〉云：「莫嗟黑髮從頭白，終見黃河到底清。」皆佳句也，故宋尚書白贈詩曰：「宋朝歸聖主，潘閬是詩人。」又王禹偁亦贈詩云：「江城賣藥常將鶴，古寺看碑不下驢。」其為名公賞激如此」〔註46〕，足見潘閬亦屬苦吟型作詩態度的詩人，作品中多佳句流傳於世，與當時名公頗多交遊。宋劉攽《中山詩話》及元韋居安《梅間詩話》都說潘閬詩有唐人之風〔註47〕，這是稱美他的詩。《四庫提要》則有一段公允的評語說：「閬在宋初，去五代餘風未遠，其詩……間有五代麤獷之習，其他風格孤峭，亦尚有晚唐作者之遺」〔註48〕，《提要》之語，雖然稱美，卻也指出他的詩猶帶五代麤獷習氣。其詩如：「久客見華髮，孤櫂桐廬歸。新月無朗照，落日有餘暉。漁浦風水急，龍山煙火微。時聞沙上雁，一一皆南飛。」（〈步暮自桐廬歸錢塘〉）

　　四、魏野，字仲先，號草堂居士，蜀人，宋太祖建隆元年（960）生，宋真宗天禧三年（1019）卒，年六十。真宗西祀，聞其名，遣使召之，野踰垣而遁。著有《東觀集》十卷，《宋史》有傳〔註49〕。

　　魏野詩沖淡逸致，一如其人，其中警句頗多，《宋朝事實類苑》稱其〈陝州平陸縣詩〉云：「寒食花藏院，重陽菊遶灣。一聲離岸櫓，數點別州山」最為警句〔註50〕，《四庫提要》評他的詩說：「野在宋初，

〔註45〕《宋史》無〈潘閬傳〉，參見厲鶚撰《宋詩紀事》卷五，頁9～363，鼎文。

〔註46〕同註44。

〔註47〕劉攽《中山詩話》，收入《歷代詩話》，頁170，藝文，韋居安《梅間詩話》，收入《歷代詩話》，頁535，木鐸。

〔註48〕參見《四庫提要》卷一五二，藝文。

〔註49〕參見《宋史》卷四五七〈魏野傳〉，鼎文。

〔註50〕同註44，頁464。

其詩尚仍五代舊格，未能及林逋之超詣，而胸次不俗，故究無齷齪凡鄙之氣」〔註51〕，例如：「達人輕祿位，居處傍林泉。洗硯魚吞墨，烹茶鶴避煙。閑惟歌聖代，老不恨流行。靜想閑來者，還應我最偏。」（〈書友人屋壁〉）

五、林逋：字君復，沆州錢塘人，宋太祖乾德五年（967）生，宋仁宗天聖六年（1028）卒，年六十二。結廬西湖孤山，眞宗聞其名，詔長吏歲時勞問。逋不娶不仕，以梅鶴爲伴，人稱「梅妻鶴子」。有〈詠梅詩〉「疏影橫斜水清淺，暗香浮動月黃昏」爲世人所偁，入《宋史·隱逸傳》〔註52〕，著有《和靖詩》四卷。

林逋詩高逸淡遠，五七言佳處很多，劉克莊《後村詩話》說他曾自摘出五言十三聯，七言十七聯爲《摘句圖》，今惟五聯見集中，如「隱非秦甲子，病有晉春秋」、「水天雲黑白，霜野樹青紅」、「風回時帶笛，煙遠忽藏村」及「草泥行郭索，雲木叫。軦」都已不在；七言十七聯，集逸其三〔註53〕，如果沒有《摘句圖》作旁證，都已成佚詩，今並《摘句圖》亦不傳，足見林逋詩亡失不少。

《四庫提要》評他的詩說：「澄澹高逸，如其爲人」〔註54〕，給予他極高的評價，惟蔡寬夫《詩話》說：「林和靖梅花詩「疏影橫斜水清淺，暗香浮動月黃昏」，誠爲警絕，然其下聯乃云：「霜禽欲下先偷眼，粉蝶如知合斷魂」，則與上聯氣格不相類，若出兩人，和靖詩喜於對意，故氣格不無少貶」〔註55〕則頗能見出和靖詩不足之處，〈梅花詩〉爲「眾芳搖落獨暄妍，占盡風情向小園。疏影橫斜水輕淺，暗香浮動月黃昏。霜禽欲下先偷眼，粉蜨如知合斷魂。幸有微吟可相狎，不須檀板共金樽。」

晚唐體詩人除上述五人外，尚有魯交、趙湘諸人，其詩寫景造句，

〔註51〕參見《四庫提要》卷一五二，藝文。
〔註52〕參見《宋史》卷四五七〈林逋傳〉，鼎文。
〔註53〕參見《後村先生大全集》卷一七五，《四部叢刊》本。
〔註54〕參見《四庫提要》卷一五二，藝文。
〔註55〕參見《詩人玉屑》引《蔡寬夫詩話》語，頁300，商務。

亦頗具晚唐之致，惟不專以詩名世，故不贅述。下面則將晚唐體詩人作品得失歸納如次：

晚唐體作品的長處有：

（一）工於鍊句：賈島詩重鍊字鍊句，所謂「吟成五個字，撚斷數莖鬚」，宋初晚唐體作家的作品也重鍊字鍊句；如潘閬〈自詠苦吟詩〉云：「髮任莖莖白，詩須字字清」，故其作品往往有一聯工警，佳句特多。

（二）擅長寫景：賈島詩重景聯，宋初晚唐體作家的作品也重景聯，且所寫景句每多秀色，如九僧中惠崇「河分岡勢斷，春入燒痕青」，林逋〈詠梅詩〉「雪後園林才半樹，水邊籬落忽橫枝」，「雪竹低寒翠，風梅落晚香」等，可謂俯拾即是。

（三）語多清絕：賀裳《載酒園詩話》說：「閬仙五字詩實為清絕，如「空巢霜葉落，疏牖水螢穿」，即孟襄陽「鳥過煙樹宿，螢傍水軒飛」，不能遠過」〔註56〕，則賈島詩多清絕，宋初晚唐體詩也多清絕之語，即使如寇準雖位居顯位，作詩也同魏野，潘閬，林逋諸人，語多清絕，不染富貴之氣。

（四）佳句多在腹聯，賈島詩佳句多在腹聯，宋初晚唐體作家的作品佳者也在腹聯，如魏野詩「洗硯魚吞墨，烹茶鶴避煙」，林逋詩「疏影橫斜水清淺，暗香浮動月黃昏」諸佳句，具在腹聯。

至於晚唐體作品的缺點，也有下列數端：

（一）過於重鍊句鍊字，致於忽略鍊意，賈島詩因過於求新求奇，所以佳句多而佳篇少，宋初晚唐體作家也常集中精力於辭內一聲一字之鍛鍊，企圖於此逞其工力，以致辭外詩意反被忽略。

（二）愛近體，輕古體，特喜五律，甚至有嫌七律篇幅較廣者。

（三）詩境、題材，篇幅俱窄：晚唐體作家題材大抵不出琴、棋、僧、鶴、茶、酒、竹、石之類，依據《六一詩話》記載說：「所謂九僧者矣……當時有進士許洞者，善為詞章，俊逸之士也，因會諸詩僧

〔註56〕參見賀裳《載酒園詩話》，收入《清詩話續編》，頁363，木鐸。

分題，出一紙約曰：不得犯此一字，其字乃山、水、風、雲、竹、石、花、草、雪、霜、星、月、禽、鳥之類，于是諸僧皆擱筆」〔註57〕，如此，恐不僅九僧要擱筆，連潘閬，魏野諸人皆不免擱筆了。

第三節　西崑體派的考察

　　宋代初期，出現於詩壇的白體派與晚唐體派都肇始於唐末五代，他們的詩多少沾染五代靡弱餘習，所以嚴格說來，還不能算是真正的宋詩，他們也無法與宋初建國的新興氣象應合；要說真正能與宋代這個新興朝代應合的詩派，則當推西崑體派；因為西崑體派的出現，過去五代浮弱詩風才得以掃除淨盡〔註58〕，而且西崑體派也是宋初第一個真正以集團勢力出現的詩派，所以當西崑體一出現，便即刻取代白體派與晚唐體派在宋初詩壇的地位，形成盛極一時的詩派。

　　西崑體派所以興盛，實有各種因素配合，考察這些因素計有：

　　（一）文化傾向的配合：西崑之為體，實正具體反應宋初之時代精神，蓋宋承五代極弊之後，混一寰宇，開國氣象，當不同於蕞爾割據之邦；和平熙攘，亦異於兵戈橫決，人懷苟且之也。此一時代氣息，表現於典章文物之間，詩文即其一端，故蘇舜欽〈石曼卿集序〉曰：「國家祥符中，民風豫而泰，操筆之士，率以藻麗為勝」（《文集・卷一三》）。藻麗為其時代傾向，楊億等人置身時代傾向中，選擇義山，刻意鑽仰，遂使義體為之一變，斯即時代精神中自覺創造，唯其與文化傾向相配合，故能酬唱不出館閣，而風行動乎天下。〔註59〕

〔註57〕參見歐陽修《六一詩話》，收入《歷代詩話》，頁157，藝文。
〔註58〕宋田況《儒林公議》曰：「楊億在兩禁變文章之體，劉筠，錢惟演輩皆從而之，時號楊、劉，三公以新詩更相屬和，極一時之麗，億復編敍之。題曰《西崑酬唱集》。當時佻薄者謂之西崑體。其他賦頌章奏，雖頗傷于雕摘。然五代以來蕪鄙之氣，由茲盡矣。（《四庫全書》本）。又元方回《瀛奎律髓》卷三亦云：「此崑體詩一變，亦足以革當時風花雪月小巧之病。」
〔註59〕此段意見參考龔鵬程《江西詩話宗派研究》，頁150，文史哲。

（二）帝王的重視文事：據《宋史‧文苑傳》記載說：「藝祖革命，首用文吏而奪武臣之權，宋之尚文，端本乎此，太宗真宗在藩邸，已有好學之名，及其即位，彌文日增，自是厥後，子孫相承，上之為人居者，無不典學，下之為人臣者，自宰相以至令錄，無不擢科，海內文士，彬彬輩出焉」〔註60〕，儘管帝王的重視文事，挾帶著政治上的動機，或以籠絡前朝遺臣，或以製造國家昇平的表象，但促成文事的興盛，則為事實，時會所趨，富麗精腴的西崑體，自然應運而生。

（三）文選學的盛行：據梁昆《宋詩派別論》指說：「夫六朝所以藻麗者，以精使事，嗜對偶，講聲律，鍊麗字耳，唐人最喜文選學，故唐詩之盛，不得不歸功《文選》，以老杜之博大高明，猶戒其子曰：「熟精文選理」，則《文選》為用可以想見矣！宋初文士亦甚喜《文選》，西崑諸人適當其時，因之而喜《玉谿詩》，因之而自為詩亦好用事，好對偶，好近體，好麗字，成為西崑體詩也。《老學菴筆記》曰：「國初尚文選，當時文士專意此書，故草必稱王孫，梅必稱驛使，月必稱望舒，山水必稱清暉，至慶曆以後，惡其陳腐，諸作者始一洗之；方其盛時，士子至謂之曰：「文選爛，秀才半」是也〔註61〕，足見西崑體派的盛行與《文選》學的流行大有關係。

（四）諸公皆官居館閣：梁昆《宋詩派別論》又指出說：「夫館閣乃翰藻之場，或草制頌，或作箋啓，或著史紀，皆期其宏麗典雅，類以四六為文；而四六之文，又必以對偶諧律用事麗字為高，觀西崑諸公，或位秘閣，或直史館，或官翰林，或仕集賢，耳目所接，心手所造，浸以成習，當然不自意對偶諧律用事麗字移之於詩；況官居清要，體處禁闥，品物之見，悉極懷寶，又何怪有體裁縟麗之西崑詩乎」〔註62〕，可見西崑體的流行與諸公處身館閣也有關係。

〔註60〕參見《宋史》卷四三九〈文苑一〉，鼎文。
〔註61〕參見梁昆《宋詩派別論》，頁30，東昇。
〔註62〕同註61。

　　這派作家除《西崑酬唱集》列名的十八位作家〔註 63〕外，還包括宋郊、宋祁、晏殊諸人。因西崑體派詩宗李商隱，所以考察西崑體派之前，先就李商隱的特點稍加探討。

　　李商隱，字義山，懷州人，曾自號玉溪生〔註 64〕，他是晚唐唯美詩人的代表，李商隱置身的時代，正是唐代政治上牛李兩派傾軋很激烈的時代，加以他一生在愛情上曾經遭受種種挫折和痛苦，所以他的詩被人認為跟這兩件事有密不可分的關係。

　　李商隱作詩，喜用冷僻的典故，華麗的語言，製造迷離恍惚的意象，使人讀了以後，只覺得他文字音調的美，卻難以知道他詩中所要傳達的意思，以〈錦瑟〉詩為例，《劉貢父詩話》以為〈錦瑟〉是當時貴人愛姬之名，義山因以寓意，蘇東坡則以為在寫錦瑟之聲「適」、「怨」、「清」、「和」〔註 65〕，後人提出不同看法者不知凡幾，但終究莫衷一是，所以元好問〈論詩絕句〉曾說：「詩家總愛西崑好，獨恨無人作鄭箋」〔註 66〕，王漁洋也有「獺祭曾驚博奧殫，一篇錦瑟解人難」〔註 67〕之語，梁任公更說：「義山詩的錦瑟、碧城、聖女祠等詩，講的什麼事，我理會不著，拆開一句一句叫我解釋，我連文義也解不出來」〔註 68〕，這些說法，可以看出前人對義山詩的意見，不易懂，卻覺得美，這是義山詩給人的感覺；因此後來評論義山詩的人，往往有不同的意見，喜愛他的詩的人，謂其男女花草歌詠，無不有君子小人傷時

〔註 63〕《西崑酬唱集》今本所見皆只有十七作家，惟據劉克莊《後村先生大全集》卷一八○所載知有十八作家，因王沂公（曾）詩一首在卷末，以年代久故，今傳本俱已脫去，故今本所見，俱無王曾詩名。另詳本文第三章。

〔註 64〕參見《唐才子傳》卷七，「李商隱條」，文津。

〔註 65〕參見《苕溪漁隱叢話前集》卷第二十二引劉貢父《中山詩話》語及蘇東坡語，頁 147，長安。

〔註 66〕參見《遺山文集》卷一。

〔註 67〕參見翁方綱《石洲詩話》卷八所引，收入《清詩話續編》，頁 1504，木鐸。

〔註 68〕參見梁任公《中國韻文內所表現的情感》，頁 50，中華。

憂國的寄託，比興有如三百篇，忠憤如杜甫，不喜歡他的詩的人，謂義山才高行劣，其詞都是帷房淫褻之詞，這當然是義山詩隱僻造成的結果。

　　認識義山詩的特點之後，下面便就宋初西崑體作家加以考述：

　　一、楊億：字大年：建州浦城人，祖父逸，南唐玉山令，宋太祖開寶七年（974）生，眞宗天禧四年（1020）卒，七歲能屬文，雍熙元年，年十一，太宗聞其名，詔江南轉運使張去華就試詞藝，送闕下，連三日得對，試〈詩〉、〈賦〉五篇，下筆立就，太宗深加賞異，授秘書省正字。眞宗時，曾預修《太宗實錄》，書成，乞外補就養，知處州，召還，拜左司諫，知制誥，景德初，以家貧，乞典郡江左，會修《冊府元龜》，序次體例，皆億所定。景德三年，召爲翰林學士，大中祥符初，加兵部員外郎，戶部郎中；大中祥符五年，以久疾，求解近職，不許。億剛介寡合，與王欽若，陳彭年不合，惟與李維、路振、刁衎、陳越、劉筠諸人厚善，當時文士，咸賴品題。億有別墅在陽翟，時母得疾，億以母疾不俟朝，歸陽翟，朝廷諠然以爲不可，於是稱疾請歸官；天禧四年復爲翰林學士。著有《括蒼》、《武夷》、《韓城》、《退居》、《汝陽》、《蓬山》、《冠鼇》等集，《內外制刀筆》，共一百九十四卷〔註69〕，今惟存《武夷新集》二十卷，編有《西崑酬唱集》。

　　楊億文格雄健，才思敏捷，曾稱「文體慕相如」〔註70〕，則其文體也受司馬相如影響；《武夷新集》之作，雄渾穩重。《四庫提要》評說：「春容典雅，無唐末五代衰颯之氣」〔註71〕足見身爲西崑體領袖的楊億，是先擺脫五代詩衰颯習氣的重要人物；至於《西崑酬唱集》收錄七十五首詩，則以對偶工整，屬詞華麗見稱，如《古今詩話》說：「大年〈詠漢武詩〉云：「力通青海求龍種，死諱文成食馬肝，待詔先生齒編貝，忍（那）令（教）乞（索）米向長安」。義山

〔註69〕參見《宋史》卷三五〇〈楊億傳〉，鼎文。
〔註70〕參見《西崑酬唱集》卷上〈受詔修書述懷感事三十韻〉。
〔註71〕參見《四庫提要》卷一五二，藝文。

不能過也」〔註72〕，歐陽修《六一詩話》也很稱賞其「峭帆橫渡官橋柳，鼓驚飛海岸鷗」之句〔註73〕，惟魏泰《臨漢隱居詩話》則說：「楊億、劉筠、作詩務積故實，而語意輕淺，一時慕之，號西崑體，識者病之」〔註74〕卻指出他的詩缺點。〈詠漢武〉詩：「蓬萊銀闕浪漫漫，弱水回風欲到難。光照竹宮勞夜拜，露溥金掌費朝餐。力通青海求龍種，死諱文成食馬肝。待詔先生齒編貝，那教索米向長安」。

　　二、劉筠，字子儀，大名人，宋太祖開寶四年（971）生，宋仁宗天聖九年（1031）卒，年六十一〔註75〕，咸平元年進士，楊億試選人校太清樓書，擢筠第一，為秘閣校理，預修《冊府元龜》。累官翰林學士。嘗草丁謂罷相制，既而謂復留，令別草制，筠不奉詔，請補外，知盧州，復召為翰林學士。與楊億齊名，時號「楊劉」。凡三入禁林，三典貢部，臨事明達，而其治尚簡嚴，有集七種〔註76〕不傳，《西崑酬唱集》錄詩七十二首。

　　劉筠負有詩名，工於對偶，善於用事，歐陽修《六一詩話》曾稱賞他的「風來玉宇烏先轉，露下金莖鶴未知。」〈新蟬詩〉佳句〔註77〕，胡仔《苕溪漁隱叢話》也稱賞他的「雨勢宮城潤，秋聲禁漏多」〔註78〕之句，惟魏泰《臨漢隱居詩話》則以他的詩「好務故實，而語意輕淺」〔註79〕，〈新蟬詩〉：「庭中嘉樹發華滋，可要螳螂共此時。翼薄乍舒宮女鬢，蛻輕全解羽人尸。風來玉宇烏先轉，露下金莖鶴未知，日永聲長兼夜思，肯容潘岳到秋悲」。

　　三、錢惟演，字希聖，錢塘人，俶次子，宋太宗太平興國二年（977）

〔註72〕參見《苕溪漁隱叢話》卷第二十二引《古今詩話》，頁145，長安。
〔註73〕參見歐陽修《六一詩話語》，收入《歷代詩話》，頁160，藝文。
〔註74〕參見魏泰《臨漢隱居詩話》語，收入《歷代詩話》，頁191，藝文。
〔註75〕參見鄭騫先生撰《宋人生卒考》示例頁6，「劉筠條」，華世。
〔註76〕參見《宋史》卷三五〇，〈劉筠傳〉。
〔註77〕參見歐陽修《六一詩話》語，收入《歷代詩話》，頁160。
〔註78〕參見《苕溪漁隱叢話前集》卷第二十二，頁145。
〔註79〕參見魏泰《臨漢隱居詩話》語，收入《歷代詩話》，頁191。

生，宋仁宗景祐元年（1034）卒，年五十八〔註80〕，從父歸宋，爲右神武將軍，博學能文，召試學士院，眞宗稱善，命直秘閣，預修《冊府元龜》，詔與楊億分爲之序。仁宗朝拜樞密使。惟演初附丁謂逐寇準，復擠謂以自解，後坐事出爲崇信軍節度使。卒諡文墨，后改文禧，惟演與楊億、劉筠齊名，著有《典懿集·三十》、《金坡遺事》、《逢辰錄》等〔註81〕，《西崑酬唱集》錄詩五十四首。例如〈無題〉詩：「誤語成疑意已傷，春山低斂翠眉長，鄂君繡被朝猶掩，荀令薰爐冷自香。有恨豈因燕鳳去，無言寧爲息侯亡。合歡不驗丁香結，祗得悽涼對燭房。」

四、李宗諤，字昌武，深州饒陽人，宋太祖乾德三年（965）生，宋眞宗大中祥符六年（1013）卒，年四十九〔註82〕，李昉第三子，恥以父任得官，端拱二年進士，眞宗時累拜右諫議大夫。有《文集六十卷》，《內外制三十卷》〔註83〕，今未見。《西崑酬唱集》錄詩七首。

《西崑酬唱集》作家中，除楊億、劉筠、錢惟演外，要屬李宗諤詩品最高，例如〈南朝詩〉：「仙華玉壽夜沉沉，三閣齊雲複道深。平昔金舖空廢苑，于今瓊樹有遺音。珠簾映寢方成夢，麝壁飄香未稱心。惆悵雷塘都幾日，吟魂醉魄已相尋。」

五、陳越，字損之，開封尉氏人，宋太祖開寶六年（973）生，宋眞宗大人祥符五年（1014）卒，年四十。咸平中詔舉賢良，官著作郎，宜史館，預修《冊府元龜》。耿概任氣，放曠杯酒間，每食必先引數升，罕有醒日，善屬文，辭氣俊拔〔註84〕，無集傳世，《西崑酬唱集》錄詩一首，詩如：「玉甃銀床蔭碧桐，北窗珍簟水紋融。衣裁練布如王導，扇執蒲葵學謝公。瓊屑半和仙掌露，蘭苕輕泛楚臺風，若非冰雪神仙骨，相樂誰同一笑中。」（〈休沐端居有懷希聖少卿學士〉）

〔註80〕同註75，「錢惟演條」。
〔註81〕參見《宋史》卷三一七，〈錢惟演傳〉。
〔註82〕同註75，「李宗諤條」。
〔註83〕參見《宋史》卷二六五，〈李昉傳〉下附〈李宗諤傳〉。
〔註84〕參見《宋史》卷四四一，〈陳越傳〉。

六、李維，字仲方，肥鄉人，李沆之弟、雍熙二年（985）進士，真宗時為戶部員外郎直集賢院，擢翰林學士，累遷中書舍人，仁宗朝歷官相州觀察使，出知陳州卒，年七十一。少以文章著名，至老手不廢書，好為詩〔註85〕，無集傳世，《西崑酬唱集》錄詩三首，例如：「銀床葉暗風，霜月夜迢迢。寒極金難辟，憂多酒漫銷，荀爐殘更換，湘瑟罷仍調，誰道河流淺，盈盈萬里遙。」（〈霜月〉）

七、劉騭，湘鄉人，雍熙二年（985）進士，歷官潭州教授，秘書丞，直集賢院〔註86〕，無集傳世，《西崑酬唱集》錄詩五首，例如：「搖落何須宋玉悲，齊亭遺恨莫霑衣。池中菡萏香全減，井上梧桐葉乍飛。風促箏聲隨斷續，日移甎影自光輝。宜秋門外饒芳樹，結駟那堪送客歸。」（〈館中新蟬〉）

八、丁謂：字謂之，後更字公言，蘇州長洲人，宋太祖建隆三年（962）生，宋仁宗明道二年（1033）卒，年七十二，淳化三年（992）進士，與孫何齊名，時號「孫丁」，累官同中書門下平章事，昭文館大學士，封晉國公。真宗朝營造宮觀奏祥異之事，多謂與王欽若發之。寇準為相，尤惡謂，謂媒孽其過，竟罷準相。仁宗立，知謂前後欺罔，累貶崖州司戶參軍，後卒於光州。謂機敏有智謀，善談笑，尤喜為詩〔註87〕，有集，今不傳，《西崑酬唱集》錄詩五首。

《洪駒甫詩話》曾稱其屬對律切〔註88〕，例如「搖搖繁實弄秋光，曾伴青椑薦武皇。玄圃雲腴滋紺質。上林風馭獵清香。尋芳尚憶瓊為樹，蠲渴因知玉有漿，多少好枝誰最見，冒霜丹頰倚鄰牆。」（〈梨〉）

九、刁衎：字元賓，昇州人，後晉出帝開運二年（945）生，宋

〔註85〕參見《宋史》卷二八二，〈李沆傳〉下附〈李維傳〉。

〔註86〕劉騭今《宋史》無傳，參考《宋史傳記資料索引》頁3907，「劉騭條」，鼎文。

〔註87〕參見《宋史》卷二八三，〈丁謂傳〉。

〔註88〕參見《苕溪漁隱叢話・前集》卷第二十五引《洪駒父詩話》語，頁172。

真宗大中祥符六年（1013）卒，年六十九。仕南唐為秘書郎，從李煜歸宋，授大常寺太祝，真宗即位，獻所著《本說‧十卷》，得以本官充秘閣校理，預修《冊府元龜》，書成授兵部郎中。以純澹夷雅知名，恬於祿位，善談笑，交道敦厚，士大夫多所推重〔註89〕，無集傳世，《西崑酬唱集》錄詩二首，例如：「高宴柏梁詞可仰，橫汾蕭鼓樂難窮，已教丞相開東閣，猶使將軍誤北戎，灑淚甘泉還有恨，祈年仙館惜成空，誰知辛苦回中道，共盡千齡五柞宮。」（〈漢武〉）

十、任隨：官太常丞直集賢院〔註90〕，無集傳世，《西崑酬唱集》錄詩三首，例如：「殊庭深恨隔山曹，桂館蜚簾事轉勞。銀闕尚沉滄海闊，井幹空拂絳河高。賁陽弋獵侵多稼，朔塞旌旗照不毛，苦信憑虛王母說，東方三度竊蟠桃。」（〈漢武〉）

十一、張詠：字復之，自號乖崖子，濮州鄄城人，後晉出帝開運三年（946）生，宋真宗大中祥符八年（1015）卒。年七十，太平興國五年（980）進士，官樞密宣學士至禮部尚書。兩知益州，恩威互用，蜀民畏愛。詠與寇準最善，準知陝詠適自成都罷歸，將別，準問曰：何以教準？詠曰：「〈霍光傳〉不可不讀」，準歸取讀，至不學無術，笑曰：「張公講我矣」！詠剛直敢言，少任俠，著有《乖崖集》〔註91〕。《西崑酬唱集》錄詩二首。

據《四庫提要》說：「《乖崖集》，其文疏通平易，不為嶄絕之語」〔註92〕可見《乖崖集》以疏通平易為主，則與《西崑酬唱集》的精準華麗詩風不同，例如：「脫塵還與比仙遊，露腹何妨近品流，嫩殼半遺紅藥地，紅聲偏傍綠楊樓，詩家取象吟難盡，畫格偷真意不休，正好儒林擬綏紱，憑君無苦預悲愁。」（〈館中新蟬〉）。

十二、錢惟濟，字巖夫，錢塘人，宋太宗太平興國三年（978）

〔註89〕參見《宋史》卷四四一，〈刁衎傳〉。
〔註90〕《宋史》無任隨傳，參見《宋詩紀事》卷六，頁9～416，鼎文。
〔註91〕參見《宋史》卷二九三張詠，又《宋史》卷二八一〈寇準傳〉。
〔註92〕參見《四庫提要》卷一五二。

生，宋仁宗明道元年（1032）卒。年五十五，俶第六子，從俶歸宋。官至保靜軍節度觀察留後。喜賓客、豐宴犒、家無餘貲，有《玉季集》二十卷〔註93〕，《西崑酬唱集》錄詩二首，例如：「清讌夜何其？南亭露欲晞。蹁躚霞袖舞，瀲灩羽觴飛。鏤窱搖花落，金瑠照月輝，瑤光未西落，休賦醉言歸。」（〈夜讌〉）

十三、舒雅，字子正，旌德人，生年未詳，宋眞宗大中祥符二年（1009）卒，年七十餘。久仕南唐，入宋爲秘閣校理，累遷職方員外郎，後出知舒州，請尙靈仙觀事，在觀累年，優遊山水，時人稱美〔註94〕，無集傳世，《西崑酬唱集》錄詩三首，例如「往歲別京畿，棲山與眾違，君心似松柏，雁足寄珠璣。學道情雖篤，燒丹方尙微。雲中雞犬在，祗侯主人歸。」（〈答劉學士〉）

十四、晁迥，字明遠，澶州清豐人，後周太祖廣順元年（951）生，宋仁宗景祐元年（1034）卒，年八十四〔註95〕，太平興國五年（980）進士，爲大理評事，累官工部尙書集賢院，遷禮部尙書，以太子少保致仕，楊億謂迥所作書命無過襃，得代言之體，著有《翰林集・三十卷》，《道院集・十五卷》〔註96〕，《西崑酬唱集》錄詩二首。

晁氏爲兩宋文學世家，迥爲始祖，詩如：「仙馭來相慰，解顏良會稀。病蠲宜養素，趣遠欲忘機。懲躁寧無漸，延齡或可祈。影搖珠箔細，聲泛鈿箏微。委恨餘班扇，流歡入楚衣。陶潛知夢穩，韓壽畏香飛，氣爽蒼龍闕，涼生白虎闈，偷撼獸鐶扉。松下琴心逸，江東鱠縷肥。宿懷眞隱處，終約與同歸。」（〈清風十韻〉）。

十五、崔遵度，字堅白，本江陵人，後徙淄州淄川，後周世宗顯德元年（954）生，景德初，召試舍人院，改太常丞直史館，令脩兩朝國史，大中祥符元年，命脩《起居注》，東封，進博士，后累官吏

〔註93〕參見《宋史》卷四八〇〈吳越王世家、錢惟濟傳〉。
〔註94〕參見《宋史》卷四四一〈吳淑傳下附舒雅傳〉。
〔註95〕同註75「晁迥條」。
〔註96〕參見《宋史》卷三五〇，〈晁迥傳〉。

部郎中〔註97〕，無集傳世，《西崑酬唱集》錄詩一首。詩如：「李白羹初美，相如渴漸瘳，八磚非性懶，三昧減心憂。筆宛多批鳳，詞鋒勝解牛。舊山疑鶴怨，畏日想雲愁。廣內勞揮翰，通中羨枕流。使星方屢降，客轄未容投。好奏倪寬議，何須莊舄謳，朝衣熏歇不，侍史待仙洲。」（〈屬疾〉）。

十六、薛映，字景陽，蜀人，仁宗即位後卒。父允中事孟氏為給事中，映舉進士，官至禮部集賢院學士，分司南京，映好學有文，該覽強記，善筆札，章奏尺牘，下筆立就〔註98〕，無集傳世，《西崑酬唱集》錄詩六首，例如：「月放冰輪傍絳河，相期寶婺夜經過。嫦娥不惜宮中桂，乞與天香分外多。」（〈戊申年七夕五絕〉）。

十七、張秉，字孟節，歙州新安人，父諤，字昌言，南唐秘書丞，通判顎州，秉舉進士，官至禮部侍郎，加樞密直學士。屬詞敏速，善書翰〔註99〕，無集傳世，《西崑酬唱集》錄詩六首。例如「斜漢西傾桂魄新，停梭今夕度天津。世間縱有支機石，誰是成都賣卜人。」（〈戊申年七夕五絕〉）

十八、王曾，字孝先，青州益都人，宋太宗太平興國三年（978）生，宋仁宗寶元元年（1038）卒，年六十一。咸平中，由鄉貢試禮部，廷對皆第一，楊億見其賦歎曰：「王佐器也」。累官中書侍郎、同中書門下平章事，封沂國公，正色獨立，朝廷倚重，後知青州，終判鄆州〔註100〕，無集傳世，《西崑酬唱集》錄詩一首於卷末，今本俱已脫失。

西崑體作家除上述十八人外，尚有晏殊，宋庠（郊）、宋祁諸人，一併考述於後：

一、晏殊：字同叔，臨川人，宋太宗淳化二年（991）生，宋仁宗至和二年（1055）卒，年六十五。景德初以神童薦，真宗召與進士

〔註97〕參見《宋史》卷四四一，〈崔遵度傳〉。
〔註98〕參見《宋史》卷三五○，〈薛映傳〉。
〔註99〕參見《宋史》卷三一○，〈張秉傳〉。
〔註100〕參見《宋史》卷三一○，〈王曾傳〉。

並試廷中，援筆立就，賜同進士出身，命直史館，遷左庶子，后累官至邢部尙書，居相位，充集賢殿大學士兼樞密使。殊文章瞻麗，尤工詩，有《文集‧二百四十卷》〔註101〕，今傳《晏元獻遺文‧一卷》，係清慈谿胡亦堂所輯〔註102〕，詩如：「油壁香車不再逢，峽雲無跡任西東。梨花院落溶溶月，柳絮池塘淡淡風，幾日寂寥傷酒後，一番蕭瑟禁煙中。魚書欲寄何由達，水遠山高處處同。」（〈無題〉）

二、宋庠，字公序，初名郊，字伯庠，安州安陸人，宋太宗至道二年（996）生，宋英宗治平三年（1066）卒，年七十一。天聖二年（1024）進士，官翰林學士，至樞密使，封莒國公〔註103〕，著述極豐，今傳《宋元憲‧集四十卷》。詩如：「八年三郡駕朱輪，更忝鴻樞對國均。老去師丹多忘事，少來之武不如人。車中顧馬空能數，海上逢鷗相見親，唯有弟兄歸隱志，共將耕鑿報堯仁。」（〈寄子京〉）

三、宋祁，字子京、宋庠弟，宋眞宗咸平元年（998）生，宋仁宗嘉祐六年（1061）卒，年六十四。與兄庠同舉進士，人呼「二宋」，以大小別之，曾修《唐書》，官翰林學士，尙書工部員外郎〔註104〕，著述甚富，今傳《宋景文集‧六十二卷》，《補遺‧二卷》，《附錄‧一卷》，係擷自《永樂大典》。詩例如：「墜素翻紅各自傷，青樓煙雨忍相忘。將飛更作迴風舞，已落猶成半面妝。滄海客歸珠迸淚，章臺人去骨遺香，可能無意傳雙蝶，盡委芳心與蜜房。」（〈落花〉）。

上述三人詩格相類〔註105〕，皆溫雅瑰麗，有治世之音，故視爲西崑餘派。

綜合上面的考察，茲將西崑體作家的作品得失歸納如下：

〔註101〕　參見《宋史》卷三一一，〈晏殊傳〉。
〔註102〕　參見《四庫提要》卷一五二。
〔註103〕　參《宋史》卷二八四，〈宋庠傳〉。
〔註104〕　同註103，下附〈宋祁傳〉。
〔註105〕　翁方綱《石洲詩話》卷三云：「宋莒公兄弟，並出晏元獻之門，其詩格亦復相類，皆去楊，劉諸公不遠」，收入《清詩話續編》，頁1402。

西崑體的長處有：

（一）對偶精工：西崑體作品素以儷對精整著稱，如劉攽《中山詩話》說：「大年〈漢武〉詩曰：力通青海求龍種，死諱文成食馬肝，待詔先生齒編貝，忍（那）令（教）乞（索）（索）米向長安，義山不能過也」。

（二）善於用事，西崑體作詩以用事多著稱，不只於句中用事，而且通首用事，不只五七律通首用事，甚至連排律也通首用事，而且用得極精巧，如楊億、劉筠參與酬唱的〈受詔修書述懷感事三十韻〉，通首用事，即為顯例。

（三）屬辭華美，氣象安雅：西崑體作家好下麗字：如金字，銀字，玉字，錦繡字，顏色字，塑造富貴華麗的氣象，論者以為氣象安雅，可醫浮弱，槎枒之病，並且不受風雲月露之態所困〔註106〕

至於西崑體的缺點也有：

（一）鑿痕太深，失於自然，句律太嚴，致傷真美。

（二）務積故實，使事深僻而難曉，致有語意輕淺之譏〔註107〕

〔註106〕 歐陽修《六一詩話》說：「楊大年與錢劉數公唱和，自〈西崑集〉出，時人爭效之，詩體一變，……蓋其雄文博學，筆力有餘，故無施而不可，非如前世號詩人者，區區於風雲草木之數為許洞所困者也」。收入《歷代詩話》，頁160，藝文。

〔註107〕 魏泰《臨漢隱居詩話》：「楊億，劉筠作詩務積故實，而語意輕淺，一時慕之，號「西崑體」，識者病之」。收入《歷代詩話》，頁191，藝文。

第三章 《西崑酬唱集》的編纂與傳本

　　中國古典詩歌史上的西崑體因《西崑酬唱集》而得名,《西崑酬唱集》收錄的詩歌雖然只有兩卷二百五十章〔註1〕,但因它有某種其他詩歌所沒有的特色,在整個中國詩歌史上卻佔有一定份量的地位,一般人在論及宋詩時,都會注意到西崑體,而要瞭解西崑體,就必須從《西崑酬唱集》入手,所以本章特闢以下諸節,分別探討《西崑酬唱集》這部詩集的編纂情形,命名由來,傳本以及圍繞此部詩集的相關問題,在未開始這些問題探討之前,先將楊億為《西崑酬唱集》所撰的序文抄錄於下,以便討論。

　　（翰林學士,戶部郎中,知制誥楊億述）余景德中忝佐修書之任,得接群公之游,時今紫微錢君希聖,秘閣劉君子儀,並負懿文,尤精雅道;雕章麗句,膾炙人口,予得以遊其牆藩而咨其模楷,二君成人之美,不我遐棄,博約誘掖,實之同聲,因以歷覽遺編,研味前作,挹其芳潤,發於希慕,更迭唱和,互相切劘,而予以固陋之姿,參酬繼之末,入蘭遊霧,雖獲益以居多,觀海學山,嘆知量而中止。既恨其不至,又犯乎不韙,雖榮於託驥,亦愧乎續貂,

---

〔註1〕此處說《西崑酬唱集》有兩卷二百五十章是就現存各本的《西崑酬唱集》實際詩歌目統計得來的。

間然於茲，顏厚何已，凡五七言律二百四十七章，其屬而
和者，又十有五人，析為二卷，取玉山策府之名，命之曰
《西崑酬唱集》云爾〔註2〕。

在這篇序文中，楊億曾經初步地交代下列幾個問題：（一）撰此序時，
楊億本人任職「翰林學士，戶部郎中，知制誥」。（二）酬唱活動的起
因是由於群公在館中修書的關係。（三）《西崑酬唱集》的詩歌數目是
二卷，二百四十七章、詩歌的體製為五七言律詩。（四）作家人數，
除楊億自己，劉筠，錢惟演外，又有十五人屬和。（五）命名的由來
是取玉山策府之名。

此外，由這篇序文引發而出的問題有（一）《西崑酬唱集》編於
何時、何人？（二）集中詩歌創作的起迄時間！（三）酬唱的方式等
等，以及關係此部詩集本來面貌的傳本問題，本章都將加以探討。

第一節　《西崑酬唱集》的編者、編纂時間及命名的由來

一、《西崑酬唱集》的編者、編纂時間

本章開始時，曾將《西崑酬唱集》楊億所撰的序文錄下，惟在此
篇序文中，楊億並無交代《西崑酬唱集》的編者是誰？翻檢明嘉靖刊
本及周楨、王圖煒注本這些較早的《西崑酬唱集》刊本，都未見署名
編者，不過，《西崑酬唱集》既然有楊億序文，一般人自然都相信這
部詩集就是楊億本人所編，關於楊億編《西崑酬唱集》的問題，《四
庫提要》曾加論及，《提要》說：

《西崑酬唱集》二卷：不著編輯名氏，前有〈楊億序〉，稱
卷帙為億所分，書名亦億所題，而不言褒而成集，出於誰
手，考田況《儒林公議》云：楊億兩禁，變文章之體，劉
筠，錢惟演輩從而效之，以新詩更相屬和，億後編敍之，

〔註2〕這段序文根據的版本為《四部叢刊》影印明嘉靖本。

　　題曰《西崑酬唱集》，然即億編也〔註3〕。

《四庫提要》引用田況《儒林公議》的話，來證明《西崑酬唱集》爲楊億所編，由於田況與楊億俱是宋人，在年輩上又相接〔註4〕，田況的話自然可信。《西崑酬唱集》既經《提要》論知爲楊億所編，所以後來的刊本如浦城遺書本《西崑酬唱集》便直接明署編者楊億了。

　　至於楊億編纂《西崑酬唱集》的時間，近人施隆民先生撰《楊億年譜》以爲《西崑酬唱集》編成於楊億三十四歲時，即宋眞宗景德四丁未（1007），他說：

　　按：集中作者姓氏楊億署銜「翰林學士左司諫知制誥」，查學士年表及宋史本傳，億以左司諫知制誥拜翰林學士，在去年十一月；明年加兵部員外郎，戶部郎中。則知《西崑酬唱集》當編於本年〔註5〕。

接著施隆民先生又以爲《西崑酬唱集》的序文寫於楊億三十五歲時，即宋眞宗太中祥符元年戊申（1008），他說：

　　按：各本《西崑酬唱集》自序，皆署銜「翰林學士戶部郎中知制誥」。查楊億在景德三年拜學士，今年始加兵部員外郎，戶部郎中，故知序文作於本年。且明年正月有詔令禁讀屬辭浮靡之書，《西崑集》亦在禁列，則知此集是時已甚流行〔註6〕。

從上面的引文知道施先生斷定編書的時間，根據的是詩人姓氏表楊億署銜「翰林學士左司諫知制誥」；而斷定撰序的時間，根據的是楊億自序所署官銜「翰林學士戶部郎中知制誥」，施先生的此種意見，即是以編成此集與撰序之時不同年，當然，以楊億〈自序〉所署官銜斷定撰序年分爲大中祥符元年，這點應該沒有異議；但根據集中楊億姓氏上署銜、

〔註3〕參考《四庫提要》卷一八六，藝文。
〔註4〕依據姜亮夫《歷代人物年里碑傳綜表》記載楊億生於宋太祖開寶七年（974），卒於宋眞宗天禧四年（1020）。田況生於宋眞宗咸平六年（1003），卒於宋仁宗嘉祐六年（1061）。知二人年輩相接。
〔註5〕參考施隆民撰《楊億年譜》，頁88，台大60年碩士論文。
〔註6〕同註5，頁91。

斷定《西崑酬唱集》編成於景德四年，實有問題，葉慶炳先生曾撰《西崑酬唱集》雜考一文已指出這個疑點，並且提出他的看法；他說：

> 第一：按常情來說，自編自序的書，成書之年往往就是撰序之年。何況楊、劉輩的「雕章麗句」是如此的「膾炙人口」！勢必書一編成，迅即盛傳，不可能等到次年才撰序傳世。其次，《西崑酬唱集》卷下有「戊申年七夕五絕」，劉筠、楊億等共有五人酬唱，每人五首，合計二十五首。戊申年是大中祥符元年，即楊億撰序之年。如依施譜所云，楊億編集在景德四年丁未，即戊申前一年，楊億怎可能把明年才吟成的二十五首詩收入《西崑酬唱集》呢？第三，施譜說楊億署銜「翰林學士左司諫知制誥」，是根據四部叢刊影印明嘉靖本；而粵雅堂叢書本則署銜「左司諫佑制誥」。那麼，如根據粵雅堂叢書本的話，楊億豈不是在景德三年十一月拜翰林學士前早就編輯《西崑酬唱集》了嗎？所以施譜的這一論點，實在大有問題。據筆者的意見，楊億撰序之年，應該就是《西崑酬唱集》編成之年。序既是大中祥符元年寫的，那麼，書的編成自然也就在這一年，說的更確切一點，楊億在大中祥符元年七夕，和劉筠等共製作了二十五篇以「戊申年七夕」爲題的七言絕句之後，才著手編集並撰序。但編集、撰序的時間不會晚於本年。因爲次年，也就是大中祥符二年的正月，御史中丞王嗣宗就攻擊集中的三首宣曲詩詞涉浮靡，向眞宗告了一狀；眞宗還爲此下詔禁文體浮豔。如果編集在此事件之後，楊億斷不會把三首宣曲詩收入集中〔註7〕。

葉慶炳先生的這段推斷，頗合情理，可作爲《西崑酬唱集》編成時間的答案。

二、《西崑酬唱集》命名的由來

本章開始時，曾敘及中國古典詩歌史上的西崑體得名自《西崑酬

〔註7〕參考葉慶炳撰〈西崑酬唱集雜考〉，收入《書和人》第一九五期。

唱集》，在上面一節的探討中，知道楊億《西崑酬唱集》編成於大中
祥符元年，所以在《西崑酬唱集》尚未編成以前，詩歌史上應該無所
謂西崑體之名；不過，由於，西崑體詩學李商隱，因此後人在論詩時，
往往將李商隱的詩與「西崑體」混爲一談，而誤將李商隱的詩也稱作
「西崑體」，這種錯誤，起於何時，何人？已不可詳考，但可以推知
宋元時代，這種錯誤便已發生，例如：惠洪於《冷齋夜詩話》：

> 詩到義山，謂之文章一厄，以其用事僻澀，時稱西崑〔註8〕。

又胡仔《苕溪漁隱叢話》論到「西崑體」時，所論及的內容大多涉
及李商隱詩〔註9〕；此外嚴羽於《滄浪詩話》中也說：

> 李商隱體，即西崑體也〔註10〕。

又說：

> 西崑體，即李商隱體，然兼溫庭筠及本朝楊劉諸公而名之
> 也〔註11〕。

而元遺山《論詩絕句》也說：

> 望帝春心托杜鵑，佳人錦瑟怨華年，詩家總愛西崑好，獨
> 恨無人作鄭箋〔註12〕。

從宋元這些詩論家的話看來，他們皆混同李商隱詩與西崑體兩者的關
係，後來的論者，也往往習而不察，相沿成習，直到清初馮班著《嚴
氏糾謬》指出說：

> 李義山在唐與溫飛卿、段少卿號三十六體，三人皆行第十六
> 也，於時無西崑之名，按此則滄浪未見西崑集序也〔註13〕。

《嚴氏糾謬》一書出現，才劃清西崑體與李商隱之間的界限。

至於《西崑酬唱集》命名的由來，楊億的序文早已明白的指出是

〔註8〕參考《詩人玉屑》卷一七引《冷齋夜話》語，頁294，商務。
〔註9〕參考《苕溪漁隱叢話前集》卷第二十二西崑體，頁145至頁148，長安。
〔註10〕參考《滄浪詩話校釋》，頁59，里仁。
〔註11〕同註10，頁69。
〔註12〕參見《元遺山詩集》卷一一，廣文。
〔註13〕參考馮班《鈍吟雜錄》卷五，頁175，廣文。

取玉山策府之名，問題在什麼叫玉山策府呢？典據何在呢？

查閱《山海經》，〈西山經〉說：

> 又西三百五十里，曰玉山，是西王母所居也，（下有）郭璞
> 注：此山多玉石，因以名云。

> 《穆天子傳》謂之群玉之山，見其山河無險，四徹中繩，
> 先王之所謂策府〔註14〕。

這是玉山一辭的源起，又據《穆天子傳》說：

> 吉日辛酉，天子升于昆侖之丘，以觀黃帝之宮……癸巳，
> 至于群玉之山，容成氏之所守，曰群玉田山，□知阿平無
> 險，四徹中繩，先王之所謂策府。（下有）郭璞注：即《山
> 海經》云群玉山，西母所居者。言往古帝王以為藏書冊之
> 府，所謂藏之名山者也〔註15〕。

這是策府一辭的出處；原來玉山本是古帝王居住之處，策府指的是古
帝王藏書之所；根據《續資治通鑑長編》的記載說：

> （景德二年）九月丁卯，令資政殿學士王欽若，知制誥楊
> 億修《歷代君臣事跡》，欽若以直秘閣錢惟演等十人同編
> 修〔註16〕。

可見當時楊億諸人正奉詔在秘閣修代君臣事跡，秘閣是帝王藏書冊之
府，猶如西王崑崙玉山策府，所以楊億就將此時與群公酬唱的詩集命
名為《西崑酬唱集》。至於他們所修的《歷代君臣事跡》，後來也由真
宗賜名為《冊府元龜》。

此外，因《西崑酬唱集》詩學李商隱，李商隱初號玉溪生，玉溪
如同西崑皆以產玉石聞名，則《西崑酬唱集》命名似又有取詩尊義山
之義。

近人鄭再時有《西崑酬唱集箋注》，對此集命名的取義有獨創精
闢說法，他說：

〔註14〕參見《山海經》第二，〈西山經〉，《四部叢刊》本。
〔註15〕參考《穆天子傳》卷二，《四部叢刊》本。
〔註16〕參考李燾撰《續資治通鑑長編》卷六一，世界。

　　沈約和謝宣城詩：牽拙謬東汜，浮惰及西崑，李善注，以
日之早晏，喻年之老少也。……西崑，謂崦嵫，日之所入
也……屈原離騷：吾令羲和弭節兮、望崦嵫而勿迫，王逸
注，崦嵫日所入山也……時按：據李善注、西崑爲崦嵫山，
則其非藏書之玉山也明矣，豈有大年不知，而誤爲一哉，
蓋大年仕不得志，屢中於讒，集中每以三閭東陽自況，此
亦取二人之意以名集，乃故迷離紆回其詞，以避忌者之謗
爾，後世以西崑之名，始於溫李者，固爲失之，其遂以爲
即玉山冊府者，亦不免爲大年所欺也〔註17〕。

這種意見，認爲西崑是取義屈原、沈約遭時不偶之意，很能深刻體會
楊億的用心，在此，也可以聊備一說。

第二節　《西崑酬唱集》的流傳及重要傳本

一、流　傳

　　《西崑酬唱集》自楊億於大中祥符元年編成後，就迅速流傳，造
成轟動，楊億諸人的詩名也因此達到頂盛，但因集中楊億、劉筠、錢
惟演三人參與酬唱的宣曲詩，被當時御史中丞嗣宗指爲「述近代掖庭
事，詞涉浮靡」向眞宗檢舉告發，於是有眞宗下詔風勵學者之舉，《西
崑酬唱集》一時成爲禁書之列，此一整個事件的經過，記載在《續資
治通鑑長編》中，其始末如下：

　　（大中祥符二年）正月，御史中丞王嗣宗言：「翰林學士楊
億，知制誥錢惟演、秘閣校理劉筠，唱和宣曲詩，述近代
掖庭事，詞涉浮靡」。上曰：「詞臣，學者宗師也，安可不
戒其流宕？」乃下詔風勵學者，自今有屬詞浮靡，不尊典
式者，當加嚴謹。其雕印文集，令轉運使擇部內官看詳，
以可者錄奏〔註18〕。

〔註17〕參考鄭再時《西崑酬唱集箋注》，頁299，齊魯書社。
〔註18〕參考宋李燾撰《續資治通鑑長編》卷七一，世界。

又陸游《渭南文集》也記載此一事件，原文如下：

> 祥符中，嘗下詔禁文體浮艷。議者謂是時館中作宣曲詩。宣
> 曲見東方朔傳。其詩盛傳都下，而劉、楊方幸；或謂頗指宮
> 掖；又二妃皆蜀人，詩中有「取酒臨邛遠」之句。賴天子愛
> 才士，皆置而不問，獨下詔諷切說已；不然亦殆哉！〔註19〕

〈宣曲詩〉差一點釀成文字獄，賴眞宗愛才士，才逃過一劫，《西崑
酬唱集》經過此次政治上的打擊，流行勢力自會受到影響；但大概眞
宗的禁令只收到一時效果而已，後來仁宗朝時，有個石介作〈怪說〉
極力攻擊西崑詩，可知楊億諸人的影響力仍在，直到歐陽修，梅聖俞
這些人出來，詩文革新運動適時的展開，扭轉當時的文學風尚；其後
王安石，蘇東坡，黃山谷這些人繼之而起，古詩文運動成爲當時文學
運動的主流，楊億諸人的影響力才告消失，《西崑酬唱集》此後才算
乏人問津。

　　元明兩朝《西崑酬唱集》的流傳，似在若存若亡之間，這可由清
人馮武的一段話得知：他說：

> 趙宋之錢劉諸子……互相酬唱……名曰《西崑酬唱集》，不
> 隔一朝，遽爾湮沒，自勝國名人，以逮牧齋老叟，皆以不
> 得見爲嘆息，其所以殷殷於作者之口久矣。昔年西河毛季
> 子從吳門拾得抄白舊本，狂喜而告於徐司寇健菴先生。健
> 菴遂以付梓，汲汲乎恐其書之又亡也。刻成，而以剞劂未
> 精，秘不示人。吳門壹是堂又以其傳之不廣，而更爲雕板。
> 嗟乎！此書之不絕如線。乃得好事之兩家，無虞其不傳矣。
> 今又得閩仙朱子，從兩家之後而三梓之，豈不欲使騷壇吟
> 社無所不睹是書之目而後愉快哉〔註20〕？

元明兩代，《西崑酬唱集》甚少流傳的情形，由此可知，而到明嘉靖
年間，才有今日所見最早的刊本，但這本子似乎流行不廣，因此清乾

〔註19〕 參考宋陸游撰《渭南文集》卷三一《四庫全書》本。
〔註20〕 參考《西崑酬唱集》卷前馮武序《四庫全書》本、《粵雅堂叢書》本
　　　　及《浦城遺書》本。

隆時編《四庫全書》時，不加採用。

清初，由於馮舒，馮班，吳喬諸人，厭薄明前後七子剿襲盛唐，轉而推尊晚唐李商隱，溫庭筠諸集，以及《才調集》等，《西崑酬唱集》才重新見重於世。

二、重要傳本

《西崑酬唱集》元明兩朝罕見流傳，翻檢《天祿琳琅書目·後編》，知有北宋寶元二年（1038）刊本，及元刊本各兩部，再檢閱民國 23 年張允亮編《故宮善本書目》知道元本子的情形，因此《天祿琳琅》所收宋元《西崑酬唱集》，可能是清刻混充的〔註21〕，所以它的佚失，也就不足珍惜了。

茲將《西崑酬唱集》，今日所見重要傳本介紹於下：

一、江安傅氏藏明嘉靖本：此本為目前所見《西崑酬唱集》最早刊本。卷首有嘉靖丁酉（1537）臘日高郵張綖序，及楊億原序，序後附西崑唱和詩人姓氏表，在詩人姓氏表下，署有官銜。書中作者姓名第一次出現時題全名，姓名下署官銜，以後出現則只題名，不再署姓，也不注官銜。此本刊刻雖早，但似少流行，乾隆纂修《四庫全書》未採用可知。後經商務印書館據以影印，收入《四部叢刊》中。

二、周楨、王圖煒合注刊本：此本卷首只楊億序，別無注書刻書者序跋，序前及卷前皆有「虞山周楨以寧，雲間王圖煒彤文注」，雙行題款，內封面上方署「王儼齋先生鑒定」。書中先署職銜，再題作者姓名，後有重見，則只題名而略姓，其中又有重署職銜者，表示當時已另授新職。此本注刊時間約在康熙中後期，書中玄字避康熙帝諱闕筆，而雍正以下不避，可為佐證。刻本極精美，因流傳不廣，世所罕睹，乾隆纂修《四庫全書》不著存目。今為大陸學者黃永年所藏，上海古籍出版社據以影印出版。

三、編修汪如藻家藏本：此本即《四庫全書》採用本，《四庫提

〔註21〕 參考周楨、王圖煒合注《西崑酬唱集》、黃永年撰〈前言〉語。

要》稱「其書自明代以來世罕流布,毛奇齡初得舊本於江寧,徐乾學為之刻版,以歈剜未工,不甚摹印,康熙戊子,長洲朱俊升又重鐫之,前有常熟馮武序〔註22〕」,知汪氏家藏本所用即朱俊升刻本,也是後來浦城本,粵雅堂本所從出者。

四、浦城遺書本:此本卷前有序三篇,首為〈楊億序〉、次為〈馮武序〉,後有〈朱俊升序〉,卷末有祖之望〈題後〉,書中作者姓名皆題全名,不署官銜,於清嘉慶辛末年(1811)浦城祝昌泰所刻。中央圖書館有藏。

五、粵雅堂叢書本:此本卷前有序三篇,前〈馮武序〉,次〈朱俊升序〉,後〈楊億原序〉,卷末有〈伍崇曜跋〉,上下卷有目錄,目錄偶有錯誤,如上卷〈無題〉詩共九首,目錄只題三首。書中作者皆題全名,初次出現時,於姓名上署官銜,清咸豐甲寅歲(1850)南海伍崇曜所刊。後經藝文印書館據以影印,收入《百部叢書集成》中。

六、《西崑酬唱集》注本,此書無注者姓名,疑為出版者刪去,經查知為大陸學者王仲犖所注,卷前止楊億原序,序後附詩人姓氏及詩歌目錄,別無注者序,採明嘉靖玩珠堂桐鄉汪氏,邵武徐氏、粵雅堂諸本互相考校,斟別去取,並取典籍史料,為詩一一注釋,所注較清周王注本詳細。今有漢京出版社排印本。

七、《西崑酬唱集箋注》本:此本為大陸學者鄭再時遺作稿本,卷前有箋注總目,其後依次有于元芳,王昭範,作者本人自序三篇,凡例數則,張綖、馮武序、朱俊升,祖之望等舊序四篇,著錄,談藪,唱和詩人姓氏、唱和詩人年譜及楊億序;據凡例知作者撰箋注意在仿效鄭玄箋詩並作詩譜之例,故於箋註各詩外,更一一為詩繫年,並編訂唱和詩人年譜;其中詩歌繫年始於景德二年不誤,止於大中祥符六年,與楊億編成此集時間大中符元年不合,蓋作者忽略大中祥符二年下詔風勵學者事,故有此誤,自序略云:「千年來評西崑詩者但取其

〔註22〕 參考《四庫提要》卷一八六「西崑酬唱集條」,頁3882,藝文。

麗辭，與玉谿生字比句較，玉谿之詩，既經後人注出當時事實，非託空言，而西崑則無問其意旨安在，余竊疑，乃蒐討出典，以明其辭，考覈時事，以顯其詩｜云云，作者意圖力矯傳統對西崑之說法，特重詩中感慨寄託之揭發，頗有可採，其所據資料又較王仲犖注本廣博，稿本始於 1939，至 1944 年完成，後又續有增補。可惜生前未能印行，及 1985 年始由其女鄭筌商請齊魯書社據原稿影印出版。

　　上述七種傳本，可以歸納成三種不同的來源，明嘉靖本爲一來源；周王注本爲一來源；汪氏家藏本、浦城遺書本，粵雅堂叢書本皆出於朱俊升的刻本，同爲一來源。至於王仲犖注本，鄭再時箋注本則綜合諸本而成，可視爲近人箋注《西崑酬唱集》的成果。

第三節　《西崑酬唱集》的作者人數與詩歌數目

一、作者人數

　　《西崑酬唱集》的作者人數究竟是十七人或是十八人？因所據版本不同而有不同的說法，以明嘉靖本、周王注本看來，作家中都有一個元闕者，若將這個元闕者也看成一個作家，則人數確實有十八人。這十八作家的姓名依次爲：楊億、劉筠、錢惟演、李宗諤、陳越、李維、劉騭、丁謂、刁衎、元闕、任隨、張詠、錢惟濟、舒雅、晁迥、崔遵度、薛映及秉者。

　　如果以《四庫全書》採用汪知藻家藏本來看，這個本子已將元闕者改作劉騭，並將秉者，冠上劉姓，成爲劉秉，得到的作人數是十七人。粵雅堂叢書本與浦城遺書本則有元闕者，但秉者都作劉秉。

　　到底題秉的人是否眞的是劉秉？近人施隆民先生已有考證,他說：
　　　　至於名秉者，今本或稱劉秉（浦城遺書、粵雅堂叢書），或
　　　　但曰秉（四部叢刊本），實誤，考《嵩山集・卷一六》〈清風
　　　　軒記〉云：「成州居守之東隅，有軒曰清風，疊嶂前後，爲
　　　　之屏几，清風無時而不來，請言其狀，予則不能，然予祖（按：

即晁迥）嘗倡而作之矣，屬而和者六人，曰：楊大年、劉中
山，錢司空、李昌武、薛尚書、張密學。其辭盛行於世，著
之《西崑集》。……」同卷〈清風十韻〉之作者爲「翰林學
士晁迥」、「翰林學士楊億」、「大理評事秘閣校理劉筠」、「太
濮少卿直秘閣錢惟演」、「翰林學士李宗諤」、「右諫議大夫薛
映」、「左諫議大夫張秉」。是名曰「秉」者，乃張秉也〔註23〕。
查對《嵩山集》與《西崑酬唱集》的「清風十韻」作家，證明：「秉」：
即張秉，則知四庫全書本、浦城遺書本、粵雅堂叢書本將秉改作劉秉
是錯誤的。

　　張秉的問題得到解決，所謂十八家作者還有問題，因爲《四庫提
要》認爲只有十七作家，《提要》說：

　　凡億及劉筠、錢惟演……劉秉十七人之詩，而億序另稱屬
　　而和者十有五人，豈以錢劉爲主，而億與李宗諤以下爲十
　　五人與〔註24〕。

《提要》的算法是說楊億謙虛而退讓於十五人之行列，而推劉筠，錢
惟演爲領袖，所以所得的人數是十七人，這種算法與楊億序文的意思
不符，而且很牽強。

　　實際上無論是《明嘉靖刊本》、《周王注本》或是《四庫全書》
本等所見的作家人數，都不是原來《西崑酬唱集》作者的本來面貌，
在南宋劉克莊的《後村詩話》中有一條資料可以解決《西崑酬唱集》
作家的問題，他說：

　　楊大年《西崑酬唱集》序略云：凡五七言律詩二百四十七
　　章，其屬而和者十（五）人，析爲二卷，取玉山策府之名，
　　命之曰：《西崑酬唱集》；今考十（五人）者，丁謂、刁衎、
　　張詠、晁迥、李宗諤、薛（映）、陳越、李維、劉騭、舒雅、
　　崔遵度、任隨、錢惟濟、有名秉（者），不著姓，王沂公只
　　有一篇，在卷末〔註25〕。

〔註23〕參考施隆民《楊億年譜》，頁89，台大60年碩士論文。
〔註24〕參考《四庫提要》卷一八六，頁3882，藝文。
〔註25〕參考劉克莊《後村先生大全》卷一八○，《四部叢刊》本。

《後村詩話》這條資料的發現，幫助我們解決西崑十八作家的問題，他很明白的指出，王沂公只有一篇在卷末，王沂公就是王曾，他跟楊億有密切的關係，《宋史》說：「楊億見其賦歎曰：王佐器也」又說：「億與曾言，則曰『余不敢以戲也』」〔註 26〕，可見，王曾參與酬唱應屬可信，既然王曾有詩一首在卷末，劉克莊時代還看到，而今日所見的各本《西崑酬唱集》都無王曾詩名，這表示王曾的詩是在劉克莊之後至明嘉靖刊本出現這段時間失傳了。

　　至於明嘉靖本、周王注本，以及後來的浦城本，粵雅堂叢書各本所題的元闕者，可以推知是本來十七作家中的一員，所以明嘉靖本的作家人數只是十七人；當然這個元闕者不可能是王曾，因為《後村詩話》指出王曾詩列在卷末，但各本的元闕者都列在上卷的中間；筆者以為這個元闕者很可能是劉筠，原因是代意之作，楊億所作本來就有二首，所以劉筠的慰和之作，也應有二首，至於李宗諤、丁謂、刁衎、劉騭這些詩人都只有一首，則因他們不是主要酬唱詩人的緣故。

　　由上面的說明可以確定《西崑酬唱集》原來的作家人數應該是十八位，他們的姓名依次是楊億，劉筠，錢惟演，李宗諤、陳越，李維，劉騭，丁謂，刁衎，任隨，張詠，錢惟濟，舒雅，晁迥，崔遵度，薛映，張秉，王曾。

二、詩歌數目

　　《西崑酬唱集》究竟收錄多少首詩，也同作者人數一樣因涉及版本問題而有不同的說法，明嘉靖刊本與周王注本〈楊億序〉都作「凡五七律，二百四十七章」，但如果依照四庫全書本，浦城遺書本，粵雅堂叢書刊本則都作「凡五七言律，二百五十章」，足見這中間的差異，當我們翻檢宋人著錄的資料，晁公武《郡齋讀書志·總集類》，陳振孫《直齋書錄解題·總集類》，王應麟《玉海·藝文總集·文章類》、及劉克莊的《後村詩話》都作「凡二百四十七章」；只有《四庫提要》說：

〔註 26〕參考《宋史》卷三一〇〈王曾傳〉，鼎文。

「上卷凡一百二十三首，下卷凡一百二十五卷，而億序稱二百五十首，不知何時佚二首」〔註27〕，宋人著錄的資料應該是可信的，明嘉靖刊本與周王注本作「二百四十七章」，與宋人的記載相同，可證這二種本子是比較可靠的古本，《四庫全書本》、《粵雅堂叢書本》、《浦城遺書本》的「二百五十章」已經被人改竄過了。

經統計各本《西崑酬唱集》詩歌數目，各本都是「二百五十首」，正與《四庫全書本》、《浦城遺書本》、《粵雅堂叢書本》〈楊億序〉文所言的詩歌數目相同；但這並不能證明楊億的原序就是二百五十首，因爲現存二百五十首，若是再加上王曾佚失的一首，合起來就有二百五十一首，可見四庫全書本、浦城遺書本、粵雅堂本的二百五十章，是據實際存詩數目改寫成的。葉慶炳〈西崑酬唱集雜考〉一文中對這個問題有一段推論，他說：

> 大概在兩宋時，《西崑酬唱集》就是二百四十七首，根本不成問題。這是此書流傳的第一階段。元明兩代，此書「不絕如線」，卷末王曾一首，也許還有其他幾首，竟遭殘闕，以致散佚。於是有人掇取楊、劉舊篇，爲之補上。例如下卷「因人話建溪舊居」這首詩，就只有楊億一首，根本無人與他唱和，而竟也收在酬唱集中，這不是很可疑麼？這位掇補的人似乎不曾注意楊億原序所說的「二百四十七章」，所以詩有了二百五十首，而序卻沒有改動，以致產生裏外不符的現象。這是此書流傳的第二階段，明嘉靖本就是此一階段的代表。到了清初，有人發現詩歌數目裏外不符的現象，於是乾脆把楊億序文改一改，使與實際詩歌數目相符。這是此書流傳的第三階段。這個改序的人，不知是徐乾學？還是朱俊升？還是另有他人？現在無從斷言。反正浦城遺書本、粵雅堂叢書本並非率先改序的，此二本不過襲用遭前人改過的楊億序文而已」〔註28〕。

〔註27〕同註24。
〔註28〕參考葉慶炳〈西崑酬唱集雜考〉，收入《書和人》第一九五期。

這段推論頗合情理，筆者無須贅言。

　　至於《四庫提要》說「上卷凡一百二十三首，下卷凡一百二十五首，而億序稱二百五十首，不知何時佚二首」，事實上是提要計算錯誤的原故，據筆者統計《四庫全書本》的數目，上卷一百二十三首，下卷一百二十七首，合起來實實在在是二百五十首，數目與《浦城遺書本》、《粵雅堂本》相同。

第四節　《西崑酬唱集》詩歌創作的時間與酬唱方式

一、詩歌創作的時間起迄

　　《西崑酬唱集》收錄的詩歌有些題目很難確定其創作的年月，不過列在集中上卷的第一首楊億與劉筠二人酬唱的〈受詔述懷感事三十韻〉，卻可以查明創作年月，依據《續資治通鑑長編》的記載說：

> （真宗景德二年九月）丁卯令資政殿學士王欽若，知制誥楊億修歷代君臣事跡，欽若請以直秘閣錢惟演等十人同編修［註29〕。

又根據宋・程俱《麟臺故事》記載說：

> 景德二年九月，命刑部侍郎資政殿學士王欽若，右司諫知制誥楊億修《歷代君臣事跡》。欽若等奏請以太僕少卿直秘閣錢惟演，都官郎中直秘閣龍圖閣待制杜鎬，駕部員外郎直秘閣刁衎，戶部員外郎直集賢院李維，右正言秘閣校理龍圖閣待制戚綸，太常博士直史館王希逸，秘書丞直史館陳彭年、姜嶼，太子右贊善大夫宋貽序，著作佐郎宜史館陳越同編修……俄又取秘書丞陳從易，秘閣校理劉筠。及希逸卒，昭序貶官，又取直史館查道，大常博士王晰，後復取直集賢院夏竦……凡九年，大中祥符六年，成一千卷

〔註29〕參考李燾撰《續資治通鑑長編》卷六一，世界。

上之，……久之，賜名《冊府元龜》〔註30〕。

足見這首詩作於景德二年九月丁卯（二十二日）奉詔修書後不久，在參與修書的諸臣中，楊億，劉筠，錢惟演，刁衍，李維、陳越等六人都是集中的作家，這段詞臣，因修書的關係而在一起酬唱，形成風氣後，不在修書之列的朝臣也加入此項酬唱行列，後來作家增到十八位。於是楊億便將這十八位作家的作品，編成這部詩集，而〈受詔修書述懷感事三十韻〉這首詩編在卷首，很顯然地是說由這首詩揭開了活動的序幕；其他的詩篇雖然看不出是否按年代排列，但下卷近尾處有一首〈戊申年七夕五絕〉，戊申年是大中祥符元年（1008），可見大致還是按次序排列的。至此《西崑酬唱集》收錄詩歌創作的年月，可以獲得初步的結論，即最早的一篇詩歌〈受詔修書述懷感事三十韻〉爲景德二年九月的作品，大多數的詩歌作於景德三四年間，少數詩歌作於大中祥符元年，最晚的作品已在七夕過後，從景德二年（1005）九月起，至大中祥符元年（1008）七月止，計二年十一個月，《西崑酬唱集》便是這近三年間，十八家詩人酬唱的結晶〔註31〕。

二、酬唱方式

《西崑酬唱集》既以酬唱爲名，酬唱的性質在此先作一番說明，唐代自元以來頗盛行酬唱的和韻詩，所謂和韻詩是指原唱者詩用某韻，唱和者也必須和以相同的詩韻，不僅體製要求相同，連詩意也要求一致，這種和韻詩也稱爲次韻，次韻的限制，往往爲後來詩論家所不滿，嚴羽《滄浪詩話》就曾說：「和韻最害人詩」〔註32〕，原因就

〔註30〕 參考程俱撰《麟臺故事》卷三《十萬卷樓叢書》本。
〔註31〕 《西崑酬唱集》所錄詩歌創作的起迄時間，大陸學者鄭再時《西崑酬唱集箋注》以爲始於景德二年，止於大中祥符六年，計約九年，此說似忽略大中祥符二年正月下詔禁浮艷文體，時《西崑酬唱集》應已編成且甚流行，故本文於此採葉慶炳〈西崑酬唱集雜考〉一文說法，說《西崑酬唱集》所錄詩歌創作起迄時間訂爲景德二年至大中祥符元年間的作品。
〔註32〕 參考嚴羽「滄浪詩話評條」：其文云：「和韻最害人詩，古人酬唱不

是它拘束韻腳，束縛作詩者的自由，《西崑酬唱集》的酬唱性質與次韻有所不同，它並沒有要求使用相同的詩韻，甚至連體製也可自由使用，不過既然是酬唱之詩，在詩意上就免不了要俯迎原唱者的原意了。

茲將《西崑酬唱集》的酬唱方式，介紹於下：

一、一個題目由多人吟詠：集中大多數的詩歌屬於這一類，在人數上面，言至少二人，最多則有七人，而以二‧三‧四人參與酬唱的方式最多，五人酬唱者，集中只有「〈休沐端居有懷希聖少卿學士〉」「〈鶴〉」「〈戊申年七夕五絕〉」三題；六人酬唱者，集中只有「〈代意〉」「〈館中新蟬〉」二題；七人酬唱者，集中只有「〈漢武〉」「〈清風十韻〉」二題；唯一例外者，爲楊億的「〈因人話建溪舊居〉」這個題目，無人參與酬唱，本不算是酬唱，今既出現於集中，只能視爲特例。

在題目上，通常以一個題目，吟詠一次爲多，集中也有一個題目吟詠二次者，如〈休沐端居有懷希聖少卿學士〉，詩後有再次首唱題和，也有一個題目反覆吟詠達四次者，如〈荷花〉一題。

二、彼此贈答者：此種酬唱方式在集中並不多見，如果不注意，可能將彼此贈答誤爲一個題目多人吟詠者，如集中的下卷「〈劉校理屬疾〉」，這個題目，表面上很像一個題目二人吟詠，但看過詩意後知道是楊億問疾於劉筠，劉筠答謝楊億的彼此贈答；比較明顯可以代表彼此贈答的例子是下卷第一首「〈寄靈仙觀舒職方學士〉」這首詩由楊億，劉筠，錢惟演三人酬唱，寄贈給靈仙觀的舒雅，因此舒雅有「〈寄內翰學士〉」，「〈答錢少卿〉」及「〈答劉學士〉」三首詩分別答楊億，劉筠，錢惟演三人，這是典型的彼此贈答〔註33〕。

次韻，此風始於元白皮陸，本朝諸賢，乃以此鬥工，遂至往復有八九和者」，乃元好問《論詩》三十首亦有云：「窘步相仍死不前，唱酬無復見前賢，縱橫正有凌雲筆，俯仰隨人亦可憐」，皆對次韻偈束韻腳，束縛才華有所詬病。

〔註33〕參考葉慶炳〈西崑酬唱集雜考〉，收入《書和人》一九五期。

書影暨附表

書影一　《四部叢刊》影印明嘉靖刊本

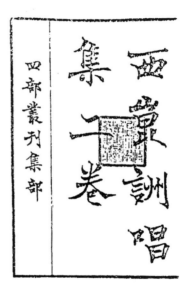

西崑酬唱集序

翰林學士户部郎中知制誥楊億述

予景德中忝佐脩書之任得接羣公之遊時
今紫微錢君希聖祕閣劉君子儀並負懿文
尤精雅道雕章麗句膾炙人口予得以游其
墻藩而咨其模楷二君成人之美不我遐棄
博約誘掖實之同歲因以應覽遺編研味前
作挹其芳潤發於希慕更迭唱和互相切劘
而予以固陋之資濫汙清貫得以激昂薄劣
獲益以居多觀海學山嘆知董而中止厥恨
其不至又犯乎不題雖榮於託驥亦愧乎續
貂開然於茲類厚何已凡五七言律詩二百
四十七章其屬而和者又十有五人析為二
卷聊取玉山策府之名命之曰西崑酬唱集
爾

西崑酬唱詩人姓氏

楊億　翰林學士户部郎中知制誥
劉筠　大理評事祕閣校理
李宗諤　翰林學士
李維　工部郎中集賢院
陳越　著作佐郎直史館
劉騭　秘書丞直集賢院
丁謂　工部員外郎直史館
刁衎　秘書丞
任隨　屯田員外郎祕閣校理兼判開封府
張詠　禮部郎中直集賢院
錢惟濟　恩用判史
舒雅　翰林學士
晁迥　翰林學士
崔遵度　左司諫直史館
薛映

書影二　周楨、王圖煒《西崑酬唱集注》

書影三　《四庫全書》本

欽定四庫全書
集部
西崑酬唱集卷上

群校官中書臣張總
助教臣常循覆勘
總校官知縣臣繆琪
校對官中書臣沈鏶琭
謄錄監生臣葉午

欽定四庫全書

西崑酬唱集
集部八
總集類

提要

臣等謹案西崑酬唱集二卷不著編輯者名
氏前有楊億序稱卷帙為億所分書名亦億
所題而不言裒而成集出于誰手考田況儒
林公議云楊億而朱雙文章之體別鈎錢惟
演輩從而效之以新詩史相屬和億復編叙
之總曰西崑酬唱集無別即億編也凡億及
劉筠錢惟演李宗諤陳越李維劉騭刁衎任
隨張詠錢惟濟丁謂舒雅晁迥崔遵度薛映
劉秉十七人之詩而億序乃稱屬而和者十
有五人蓋以錢劉為主而億序稱李宗諤以
為十五人歟詩皆近體上卷凡一百二十三
首下卷凡一百二十五首而億序稱二百有
五十首不知何時佚二首也其詩宗法唐李

欽定四庫全書

西崑酬唱集卷上

宋　楊億　編

受詔修書述懷感事三十韻　楊億

太極垂裳日中原偃革初樓船秋發詠衡石夜程書好
問處前席徵賢走傳車蓬萊徒漢制螟爐餘絢繹
資金匱現摸出玉除紛綸開四部秘邊接千廬飫賜雙
難騰親廻六尺輿華芝下閣闥白羽擁旌香望氣成龍

欽定四庫全書

虎披大辨魯魚清光熙咫尺玄覽亦蹐躇肇夢撢筆
微生濫石渠稽康真慵慢謝客本空蹏講學情田痼
經殷簡虛月評依許勻容出沐終日喜羣居撫巳懃
郜懷袪彌甸喜遷鳥章服裹狙圓府愁尸祿天閽蠅散
荷鋤池籠養魚鳥章服裹狙圓府
裷虛名同鄒瑛散質顟莊國士誰知我郜家或悔予
放懷齋持馬肝愿度蕺舒窶婦疑敦婦三公亦濫疏危
心怵觳觫脈有道思邀逕性堅容冀詐先傭義膏遠晨趨

歎勞止夕惕念歸歟泰蔣殊杯酒顏歙賴斗儲如諧曲
肱臥猶可真鈎漁鶵嬌艷衡印翩翩華晝旗一麾終遠

志阮籍去騎驢　劉筠

良弼論思暇英才視草餘西浦承家肯東觀頻犀書左
氏先經日征南發例初編年終顥德胜帝自凡遽一覽
無前古三長豈後子宏綱捉要妙至論絕蓬篠詑謬刊

欽定四庫全書

三豕公平喜歟狙苻英咸采披揆賛盡銷除組織千章
於中或輔車乘軒思街鵷努力效劉驢見彈魯求炙臨
川復羨魚熟云貂可續自愧鶬難如早入希東郭先知
服子輿直非頭似筆智謝里名枋蝎舍遊從裏鶬衣禮
貔珠寸陰騺徙蒋十駕歎跨踏天祿揚雄閣承明嚴助
盧時陷折狙宴頻異帶經鋤縶日觀函丈他門絕曳裾
卓錐雖有地摅石尚無儲狷犬方勞拮神黿可避漁居
門診大爵亂娘郜餘疏閭里躲難揩漳濱病且袪學勤

書影四　《粵雅堂叢書》本

書影五　《浦城遺書》本

書影六　王仲犖注《西崑酬唱集》

西崑酬唱集注

西崑酬唱集注卷上

受詔修書述懷感事三十韻

《楊億故事》：「景德二年九月，命刑部侍郎資政殿學士王欽若、右司諫知制誥楊億修，歷代君臣事迹，欽若等奏請以太僕少卿直祕閣錢惟演、都官郎中直祕閣龍圖閣待制杜鎬、駕部員外郎直祕閣习衍、戶部員外郎直集賢院李維、右正言祕閣校理龍圖閣待制戚綸、太常博士直史館王希逸、祕書丞直史館陳越同編修。著作佐郎直史館陳越同編修。初命祕書丞陳從易、姜嶼、太子右贊善大夫宋貽序。及希逸卒，昭序貶官，又取五史館查道、太常博士直史館王曙、後復取祕書丞陳從易，祕閣校理劉筠。又命職方員外郎孫奭撰音義。凡九年，大中祥符六年，成一千卷上之。」又曰：「賜名『冊府元龜』。」《宋史·楊億傳》：「景德初，會修《冊府元龜》，億與王欽若、陳義各十卷。久之，『賜名『冊府元龜』。』億所定，方用之。」

錄，者義各十卷。其序次體制，皆億所定，方用之。若同總其事，其序次體制，皆億所定，方用之。

楊億

書影七　鄭再時《西崑酬唱集箋注》

鄭再時

西崑酬唱集箋注　下

齊魯書社

西崑酬唱集序

翰林學士戶部郎中知制誥楊億述〔酬按〕年譜億知制屬翰林學士在景德三年加戶部郎中在大中祥符元年是集送於大中祥符六年此序當作於歸陽賀以後蓋仍系前官爾

余景德中添佐修書之御〔關按〕修冊府元龜得接麈公之遊時今紫微錢君希聖〔唐書百官志景德二年改政事堂曰中書門下省曰中書令史職官志中書令及宋元年為秘閣修撰劉君子儀〔玉海詞學主屬詩訪官命舍人校理〕秘閣校理〕學士不過掌行制誥備顧問而已此作唯自居易草制紫微舍人趙微明紫微殿對沈與求在中書郎朝議郎蔡襄紫微郎微省

譜此作序於六年謹按此詩於長慶五年故云今紫微碑運尤精雅道可人雅頌周郎發文心

嚴舍郎作演於命令與章公先朝運尤精雅道可人雅頌周郎發文心

四人掌行命令與章公先朝運尤精雅道可人雅頌周郎發文心

雕章麗句〔晉書樂志麗句與深采並流偶在乎雕章麗辭歌句與深采並流偶在乎共雕章麗辭並發文心

膾炙人口〔蓋子膾炙人口羊棗執矣與余得以遊其膾藩雖遊子人其宗師告而咨

附表一　明嘉靖刊本《西崑酬唱集》作家與詩歌數目統計一覽表

編號	題目	酬　唱　詩　人																	備考
		楊億	劉筠	錢惟演	李宗諤	陳越	李維	劉騭	丁謂	刁衎	元闕	任隨	張詠	錢惟濟	舒雅	晁迥	崔遵度	薛映	張秉	
上卷	受詔書述懷感事三十韻	1	1																	2
	南朝	1	1	1	1															4
	禁中庭樹	1	1	1																3
	休沐端居有懷少卿學士	1	1	1		1	1													5
	再次首唱題和	1		1																2
	槿花	1	1	1				1												4
	代意二首	2	1		1			1	1	1	1									8
	漢武	1	1	1				1		1		1								7
	館中新蟬	1	1	1	1			1					1							6
	夜讌	1	1	1										1						4
	鶴	1	1	1								1	1							5
	公子	1	1	1																3
	舊將	1	1									1								4
	宣曲二十二韻	1	1	1																3
	赤日	1	1																	2
	夜意		1																	1
	明皇	1	1	1																3
	別墅	1	1	1																3
	無題三首	3	3	3				1												9
	荷花	1	1	1				1												4
	再賦	1	1	1																4
	再賦七言	1	1	1				1												3
	又贈一絕	1	1	1				1												4

卷	詩題														計
	梨	1	1	1											4
	淚二首	2	2	2											6
	七夕	1	1	1											3
	成都	1	1	1											3
	秋夜對月	1	1	1											3
	前檻十二韻	1	1												2
	小園秋夕	1	1	1											3
	始皇	1	1	1											3
	初秋屬疾	1	1	1											3
下卷	寄靈仙觀舒職方學士	1	1	1											3
	答內翰學士									1					1
	答錢少卿									1					1
	答劉學士									1					1
	宋玉	1	1	1											3
	送客不及		2	1											3
	夕陽	1	1	1											3
	樞密王丞宅新菊	1	1	1											4
	直夜	1	1												3
	洞戶	1	1												2
	柳絮	1	1	1											3
	與客啓明	1	1	1											3
	無題	1		1											2
	譯經光梵大師	1	1												2
	霜月	1	1	1		1									4
	此夕	1	1	1											3
	劉校理屬疾	1	1												2
	勸石集賢飲	1	1		1										3
	即目	1	1												2
	燈夕寄內翰虢略公	1	1	1	1										4
	李舍人獨直	1	1												2

無題二首	2	2									4
懷舊居	1	1	1								3
偶懷	1	1									2
許洞歸吳中	1	1	1								3
上已玉津園賜晏	1	1	1								3
致齋太一宮	1	1	1								3
直夜二首	2	2									4
櫻桃	1	1									2
暑詠寄梅集賢	1	1									2
苦熱	1	1	1			1					4
屬疾	1	1						1	1		4
囚人話建溪舊居	1										1
清風十韻	1	1	1	1			1		1	1	7
戊申年七夕五絕	5	5	5						5	5	25
秋夕池上	1		1								2
偶作	1	1									2
螢	1	1									2

附表說明（一）此本公子題第一首、宣曲第一首具漏列作者楊億。

（二）此本代意題劉筠，粵雅堂本、周王注本、四庫全書本具作楊億，元闕者一首四庫本作劉騭，粵雅堂本除作劉筠外別立一闕題。

（三）此本有夜意題，四庫本、粵雅堂本將意併入赤日題，周王注本在赤日題下小字夜意。

（四）下卷屬疾此本無錢惟演，有楊億，四庫本楊億一首作錢惟演，周王本同四庫本，粵雅堂本則漏列作者。

附表二　周王注本《西崑酬唱集》作家與詩歌數目統計一覽表

編號	題目	酬唱詩人																		備考
		楊億	劉筠	錢惟演	李宗諤	陳越	李維	劉騭	丁謂	刁衎	元闕	任隨	張詠	錢惟濟	舒雅	晁迥	崔遵度	薛映	張秉	
上卷	受詔書述懷感事三十韻	1	1																	2
	南朝	1	1	1	1															4
	禁中庭樹	1	1	1																3
	休沐端居有懷少卿學士	1	1	1		1	1													5
	再次首唱題和	1		1																2
	槿花	1	1	1				1												4
	代意二首	3	1		1				1	1	1									8
	漢武	1	1	1	1			1		1		1								7
	館中新蟬	1	1	1	1			1					1							6
	夜讌	1	1	1										1						4
	鶴	1	1	1							1	1								5
	公子	1	1	1																3
	舊將	1	1					1				1								4
	宣曲二十二韻	1	1	1																3
	赤日	1	1	1																3
	明皇	1	1	1																3
	別墅	1	1	1																3
	無題三首	3	3	3																9
	荷花	1	1	1					1											4
	再賦	1	1	1					1											4
	再賦七言	1	1	1																3
	又贈一絕	1	1	1					1											4
	梨	1	1	1					1											4

卷	題	1	2	3	4	5	6	7	8	9	10	11	12	13	14	15	合
	淚二首	2	2	2													6
	七夕	1	1	1													3
	成都	1	1	1													3
	秋夜對月	1	1	1													3
	前檻十二韻	1	1														2
	小園秋夕	1	1	1													3
	始皇	1	1	1													3
	初秋屬疾	1	1	1													3
下卷	寄靈仙觀舒職方學士	1	1	1													3
	答內翰學士											1					1
	答錢少卿											1					1
	答劉學士											1					1
	宋玉	1	1	1													3
	送客不及		2	1													3
	夕陽	1	1	1													3
	樞密王丞宅新菊	1	1	1		1											4
	直夜	1	1	1													3
	洞戶	1	1														2
	柳絮	1	1	1													3
	與客啓明	1	1	1													3
	無題	1		1													2
	譯經光梵大師	1	1														2
	霜月	1	1	1		1											4
	此夕	1	1	1													3
	劉校理屬疾	1	1														2
	勸石集賢飲	1	1		1												3
	即目	1	1														2
	燈夕寄內翰虢略公	1	1	1	1												4
	李舍人獨直	1	1														2
	無題二首	2	2														4

懷舊居	1	1	1											3
偶懷	1	1												2
許洞歸吳中	1	1	1											3
上已玉津園賜晏	1	1	1											3
致齋太一宮	1	1	1											3
直夜二首	2	2												4
櫻桃	1	1												2
暑詠寄梅集賢	1	1								1				2
苦熱	1	1	1											4
屬疾		1	1								1	1		4
因人話建溪舊居	1													1
清風十韻	1	1	1	1							1	1	1	7
戊申年七夕五絕	5	5	5									5	5	25
秋夕池上	1		1											2
偶作	1	1												2
螢	1	1												2

附表説明（一）此本有元闕作者，與明嘉靖刊本，與粵雅堂、浦城本、四庫本則異。

（二）此本上卷初秋屬疾題第一首缺作者，別本皆作劉筠。

（三）此本下卷送客不及題第一首、第三首亦作劉筠，此各本皆同。

附表三 《四庫全書》本《西崑酬唱集》作家與詩歌數目統計一覽表

編號	題目	酬 唱 詩 人																	備考
		楊億	劉筠	錢惟演	李宗諤	陳越	李維	劉騭	丁謂	刁衎	任隨	張詠	錢惟濟	舒雅	晁迥	崔遵度	薛映	張秉	
上卷	受詔書述懷感事三十韻	1	1																2
	南朝	1	1	1	1														4
	禁中庭樹	1	1	1															3
	休沐端居有懷少卿學士	1	1	1		1	1												5
	再次首唱題和	1		1															2
	槿花	1	1	1				1											4
	代意二首	3	1		1			1	1	1									8
	漢武	1	1	1				1		1		1							7
	館中新蟬	1	1	1	1			1					1						6
	夜讌	1	1	1											1				4
	鶴	1	1	1							1	1							5
	公子	1	1	1															3
	舊將	1	1					1				1							4
	宣曲二十二韻	1	1	1															3
	赤日	1	1	1															3
	明皇	1	1	1															3
	別墅	1	1	1															3
	無題三首	3	3	3															9
	荷花	1	1	1					1										4
	再賦	1	1	1					1										4
	再賦七言	1	1	1															3
	又贈一絕	1	1	1					1										4
	梨	1	1	1					1										4

卷	題目														合計
	淚二首	2	2	2											6
	七夕	1	1	1											3
	成都	1	1	1											3
	秋夜對月	1	1	1											3
	前檻十二韻	1	1												2
	小園秋夕	1	1	1											3
	始皇	1	1	1											3
	初秋屬疾	1	1	1											3
下卷	寄靈仙觀舒職方學士	1	1	1											3
	答內翰學士											1			1
	答錢少卿											1			1
	答劉學士											1			1
	宋玉	1	1	1											3
	送客不及		2	1											3
	夕陽	1	1	1											3
	樞密王丞宅新菊	1	1	1		1									4
	直夜	1	1	1											3
	洞戶	1	1												2
	柳絮	1	1	1											3
	與客啓明	1	1	1											3
	無題	1		1											2
	譯經光梵大師	1	1												4
	霜月	1	1	1		1									4
	此夕	1	1	1											3
	劉校理屬疾	1	1												2
	勸石集賢飲	1	1		1										3
	即目	1	1												2
	燈夕寄內翰虢略公	1	1	1	1										4
	李舍人獨直	1	1												2
	無題二首	2	2												4

																		合計
懷舊居	1	1	1															3
偶懷	1	1																2
許洞歸吳中	1	1	1															3
上巳玉津園賜宴	1	1	1															3
致齋太一宮	1	1	1															3
直夜二首	2	2																4
櫻桃	1	1																2
暑詠寄梅集賢	1	1																2
苦熱	1	1	1									1						4
屬疾		1	1											1	1			4
因人話建溪舊居	1																	1
清風十韻	1	1	1	1									1			1	1	7
戊申年七夕五絶	5	5	5													5	5	25
秋夕池上	1		1															2
偶作	1	1																2
螢	1	1																2
合計	75	72	55	7	1	3	5	5	2	3	2	2	3	2	1	6	6	250

附表說明（一）此本無夜意題。
　　　　　（二）此本無元闕作者

附表四　《粵雅堂叢書》本《西崑酬唱集》作者與詩歌數目統計一覽表

編號	題目	楊億	劉筠	錢惟演	李宗諤	陳越	李維	劉騭	丁謂	刁衎	任隨	張詠	錢惟濟	舒雅	晁迥	崔遵度	薛映	張秉	備考
上卷	受詔書述懷感事三十韻	1	1																2
	南朝	1	1	1	1														4
	禁中庭樹	1	1	1															3
	休沐端居有懷少卿學士	1	1	1		1	1												5
	再次首唱題和	1		1															2
	槿花	1	1	1				1											3
	代意二首	2	1		1				1	1									6
	闕題	1	1																2
	漢武	1	1	1	1			1	1			1							7
	館中新蟬	1	1	1				1					1						6
	夜讌	1	1	1											1				4
	鶴	1	1	1								1	1						5
	公子	1	1	1															3
	舊將	1	1					1				1							4
	宣曲二十二韻	1	1	1															3
	赤日	1	1	1															3
	明皇	1	1	1															3
	別墅	1	1	1															3
	無題三首	3	3	3															9
	荷花	1	1	1															4
	再賦	1	1	1															4
	再賦七言	1	1	1														-	3
	又贈一絕	1	1	1															4

	梨	1	1	1										4
	淚二首	2	2	2										6
	七夕	1	1	1										3
	成都	1	1	1										3
	秋夜對月	1	1	1										3
	前檻十二韻	1	1											2
	小園秋夕	1	1	1										3
	始皇	1	1	1										3
	初秋屬疾	1	1	1										3
下卷	寄靈仙觀舒職方學士	1	1	1										3
	答內翰學士										1			1
	答錢少卿										1			1
	答劉學士										1			1
	宋玉	1	1	1										3
	送客不及		2	1										3
	夕陽	1	1	1										3
	樞密王丞宅新菊	1	1	1		1								4
	直夜	1	1	1										3
	洞戶	1	1											2
	柳絮	1	1	1										3
	與客啓明	1	1	1										3
	無題	1		1										2
	譯經光梵大師	1	1											2
	霜月	1	1	1		1								4
	此夕	1	1	1										3
	劉校理屬疾	1	1											2
	勸石集賢飲	1	1		1									3
	即目	1	1											2
	燈夕寄內翰虢略公	1	1	1	1									4
	李舍人獨直	1	1											2

題目	C1	C2	C3	C4	C5	C6	C7	C8	C9	C10	C11	C12	C13	C14	C15	C16	C17	合計
無題二首	2	2																4
懷舊居	1	1	1															3
偶懷	1	1																2
許洞歸吳中	1	1	1															3
上巳玉津園賜晏	1	1	1															3
致齋太一宮	1	1	1															3
直夜二首	2	2																4
櫻桃	1	1																2
暑詠寄梅集賢	1	1																2
苦熱	1	1	1															4
屬疾	1	1																4
因人話建溪舊居	1																	1
清風十韻	1	1	1	1														7
戊申年七夕五絕	5	5	5													5	5	25
秋夕池上	1		1															2
偶作	1	1																2
螢	1	1																2
合計	76	73	54	7	1	3	4	5	2	3	2	2	3	2	1	6	6	250

附表說明（一）此本多出一闕題（題目）。

（二）此本無夜意題目（併入赤日）。

（三）此本無元闕作者，元闕一首題為劉筠作。

（四）此本張秉題作劉秉。

（五）此本上卷七夕第一首漏題作者楊億。

（六）此本下卷屬疾亦漏題作者楊億。

附表五　《浦城遺書》本《西崑酬唱集》作家與詩歌數目統計一覽表

編號	題目	酬 唱 詩 人																備考
		楊億	劉筠	錢惟演	李宗諤	陳越	李維	劉騭	丁謂	刁衎	任隨	張詠	錢惟濟	舒雅	晁迥	崔遵度	薛映	張秉	
上卷	受詔書述懷感事三十韻	1	1																2
	南朝	1	1	1	1														4
	禁中庭樹	1	1	1															3
	休沐端居有懷少卿學士	1	1	1		1	1												5
	再次首唱題和	1		1															2
	槿花	1	1	1				1											4
	代意二首	2	1		1				1	1									6
	闕題	1	1																2
	漢武	1	1	1				1		1		1							7
	館中新蟬	1	1	1	1			1					1						6
	夜讌	1	1	1											1				4
	鶴	1	1	1								1	1						5
	公子	1	1	1															3
	舊將	1	1					1				1							4
	宣曲二十二韻	1	1	1															3
	赤日	1	1	1															3
	明皇	1	1	1															3
	別墅		2	1															3
	無題三首	3	3	3				1											9
	荷花	1	1	1				1											4
	再賦																		
	再賦七言	1	1	1				1											3
	又贈一絕	1	1	1				1											4

	詩題														總計
	梨	1	1	1											4
	淚二首	2	2	2											6
	七夕	1	1	1											3
	成都	1	1	1											3
	秋夜對月	1	1	1											3
	前檻十二韻	1	1												2
	小園秋夕	1	1	1											3
	始皇	1	1	1											3
	初秋屬疾	1	1	1											3
下卷	寄靈仙觀舒職方學士	1	1	1											3
	答內翰學士								1						1
	答錢少卿								1						1
	答劉學士								1						1
	宋玉	1	1	1											3
	送客不及		2	1											3
	夕陽	1	1	1											3
	樞密王丞宅新菊	1	1	1		1									4
	直夜	1	1	1											3
	洞戶	1	1												2
	柳絮	1	1	1											3
	與客啓明	1	1	1											3
	無題	1		1											2
	譯經光梵大師	1	1												2
	霜月	1	1	1		1									4
	此夕	1	1	1											3
	劉校理屬疾	1	1												2
	勸石集賢飲	1	1		1										3
	即目	1	1												2
	燈夕寄內翰虢略公	1	1	1	1										4
	李舍人獨直	1	1												2

無題二首	2	2								4
懷舊居	1	1	1							3
偶懷	1	1								2
許洞歸吳中	1	1	1							3
上巳玉津園賜晏	1	1	1							3
致齋太一宮	1	1	1							3
直夜二首	2	2								4
櫻桃	1	1								2
暑詠寄梅集賢	1	1								2
苦熱	1	1	2							4
屬疾		1	1							4
因人話建溪舊居	1									1
清風十韻	1	1	1	1						7
戊申年七夕五絕	5	5	5					5	5	25
秋夕池上	1		1							2
偶作	1	1								2
螢	1	1								2

附表說明（一）此本代意二首題旁又增立一闕題。粵雅堂本同。

（二）此本夜意題已併入赤日。

（三）此本別墅題第一首、第二首皆題劉筠作。

（四）此本下卷送客不及題第一首、第三首亦題劉筠作。

（五）此本下卷苦熱第一首、第四首作錢惟演，與他本第一首作錢惟濟異。

（六）此本張秉作劉秉，與粵雅堂本、四庫本相同。

第四章 《西崑酬唱集》詩歌的內容

　　所謂詩的內容是相對於詩的形式而言，一首詩的構成，不外乎形式與內容兩部分，兩者關係密不可分，份量也同等重要；詩的內容著重在詩的意旨表現上，包括詩中的情感與思想，詩的形式著重在技巧的表現上，包括詩的章法表現，用典，遣詞，用韻等等；本文即將《西崑酬唱集》的詩歌，分成內容與形式兩部分來加以探討；本章先探討詩的內容部分，至於詩的形式部分則留待下章，惟未探討詩的內容部分之前，試先確立西崑十八位作家的賓主關係，以及試行將集中詩歌加以分類。

第一節　西崑十八位作家的賓主關係

　　《西崑酬唱集》係由十八位作家互相酬唱所得的結晶品，因為它是一群作家的酬唱之作，所以必須分清楚誰是主？誰是客？況且因為集中收錄各家詩歌數量多寡有別，顯示作品在集中便有輕重之別；因此若要探討詩歌的內容，就必先確立集中作家的賓主關係。

　　《西崑酬唱集》的編者是楊億，他未入館閣修書時，便負有詩名，入館閣後，又是整個酬唱活動的發起人；他又喜歡提攜後進，樂道人善，凡此在在顯示他領袖群倫的地位，《西崑酬唱集》除了一兩個題目他未

參與酬唱外，幾乎每次都參加了，集中有他的詩七十五首〔註1〕，是《西崑酬唱集》十八位作家中作品最多的一位。

劉筠，他是楊億奉命選入校太清樓書時，拔擢出來的作家，他事楊億如同師友一般，往往能與楊億同進退，集中有他的詩七十二首，數量上係僅次於楊億的作家。

錢惟演，他是一位貪而敗官的作家，然而，著名的歐陽修卻曾出其幕下；由於錢惟演曾附丁謂排擠寇準，後來又爲求自保而排擠丁謂，因此人格上頗受後人的疵議，不過他與楊億的關係始終還算密切，大概是出於他對楊億才學的敬重，而楊億與他交往也能不失行儀，足見楊億的雅量；集中他的詩五十四首，數量上係居第三位的作家。

上述三人詩歌數量共計二百零一首，佔全集總數的五分之四以上。

至於其餘作家，如李宗諤有詩七首，薛映，張秉詩各六首（其中七絕都各五首）；劉騭、丁謂詩各五首，李維，任隨，舒雅詩各三首；刁衎、張詠、錢惟濟、晁迥詩各二首，陳越、崔遵度、元闕詩各一首，這些作家作品的總數加起來共計四十九首，佔全集總數的五分之一還不到，因此，基於作品數量多寡來衡量，可以初步確立集中十八位作家的賓主關係如下：即是《西崑酬唱集》係以楊億，劉筠，錢惟演三人爲主，李宗諤等十五位作家爲賓；如果再進一步的區分，則主人三位作家中，以楊億的作品最多也最好是爲主，劉筠，錢惟演爲賓；在客中十五位作家中，以李宗諤，丁謂的詩較多，也較出色，是爲賓中之主，其餘作家只不過是偶而點綴，客串一下而已，他們在集中的份量實在不怎麼重要，只能算爲賓中之賓了。

確立了西崑十八位作家在是《西崑酬唱集》中的輕重地位後，對於本文何以偏重集中某些作家作品的探討，才能有所瞭解。

〔註 1〕西崑十八位作家作品的數量係根據明嘉靖刊本統計而得的。

第二節 《西崑酬唱集》的詩歌分類

為了研究上的方便，故在此處試行將《西崑酬唱集》的詩歌加以分類，依行的分類方式有二：即一、依照詩歌體製劃分，二、依照題目類別劃分。

一、依照詩歌體製劃分

計有四類：

（一）七言律詩：共計一百四十五首。

（二）五言排律：共計五十二首。

（三）五言律詩：共計二十四首。

（四）七言絕句：共計二十九首。

這種分類方式，可以見出是《西崑酬唱集》詩歌的體制皆屬近體，而不含一古體，這點頗能反映宋初詩人喜好近體而輕古體的風尚；值得指出的是，楊億在是《西崑酬唱集》序文中稱「凡五七言律詩二百四十七章」，只言律詩，不及絕句，但實際上集中有不屬於律詩的絕句廿九首，即「〈荷花〉詩」四首，「〈戊申年七夕五絕〉」廿五首，此大概不是楊億撰序時忽略這些絕句的存在，而可能是撰序文為了顧及行文上語氣簡潔所致？

集中七律最多，五言排律次之，七絕又次之，五律最少，大抵是因七律及排律規模體製較絕句、五律來得宏大，適於排比舖陳，非有真才實學難於其中討好，這兩種體制在唐代號為新體；體製既屬新創，唐人作品集中較少，難度較高，值得嘗試，而西崑作家為了逞其才華，故特意在這兩種體製用心。

至於七絕與五律，雖也同屬近體，但與排律，七律相較，則規模不免顯得小了，而且這兩種體製，唐人作品集中較多，出色的作品已經不少，祕藏底蘊大抵已被唐人開發出來，如七絕方面，有被後人推為壓卷之作的王昌齡「奉帚平明」，王之渙「黃河遠上」，王維「渭城朝雨」，李白「朝辭白帝」等，俱屬佳作；五律方面：如晚唐賈島、

姚合等人五律精工瑩潔，相當出色，即為顯例。

二、依照題目劃分（詳參附表）〔註2〕

計有六類：

（一）懷古類（含詠史）：有〈南朝〉，〈漢武〉，〈明皇〉，〈成都〉，〈始皇〉，〈宋玉〉，〈舊將〉，〈公子，計八題，三十首。

（二）詠物類：有〈禁中庭樹〉，〈槿花〉，〈館中新蟬〉，〈鶴〉，〈別墅〉、〈梨〉，〈淚〉，〈夕陽〉，〈樞密王丞相新菊〉，〈柳絮〉，〈霜月〉，〈櫻桃〉，〈清風十韻〉，〈赤日〉，〈螢，計十六題，七十四首。

（三）風懷類：有〈代意〉，〈宣曲二十二韻〉，〈無題三首〉，〈前檻十二韻〉，〈洞戶〉，〈無題〉，〈無題二首〉，計七題，三十首。

（四）時序類：有〈七夕〉，〈秋夜對月〉，〈小園秋夕〉，〈苦熱〉，〈秋夕池上〉，〈戊申年七夕五絕〉，計六題，四十首。

（五）送答類：有〈寄靈仙觀舒職方學士〉，〈答內翰學士〉，〈答錢少卿〉，〈燈夕寄內翰虢略公〉，〈許洞歸吳中〉，〈送客不及〉，〈暑詠寄梅集賢〉，〈與客啟明〉，〈劉校理屬疾〉，計十題，二十三首。

（六）其餘類：有〈受詔修書述懷感事三十韻〉，〈休沐端居有懷希聖少卿學士〉，〈懷舊居〉，〈偶懷〉，〈此夕〉，〈即目〉，〈偶作〉，〈因人話建溪舊居〉，〈譯經光梵大師〉，〈屬疾〉，〈初秋屬疾〉，〈秋讌〉，〈勸石集賢飲〉，〈上巳玉津園賜宴〉，〈致齋太一宮〉，〈李舍人獨直〉，〈直夜〉，〈直夜二首〉，計十八題，五十首

上述六種類別中，實以詠物，懷古，及風懷類較為重要，這三類詩數量加起來，已超過全部作品總數的二分之一，因為比較具有思想內容，故可視為整部《西崑酬唱集》的重心。

〔註2〕本文此處的歸類，只是按題目原則性的劃分而已，此種分類方式，參酌方回《瀛奎律髓》的分類方式。惟方回分類多達四十九類，本文將《西崑酬唱集》詩歌題目抽出歸成主要的五大類，即懷古、詠物、風懷、時序、送答。至於其餘類係因若再分類則近於瑣碎，故以其餘類涵蓋。

附　表

類別	作者題目	楊億	劉筠	錢惟演	李宗諤	陳越	李維	劉騭	丁謂	刁衎	元闕	任隨	張詠	錢惟濟	舒雅	晁迥	崔遵度	薛映	張秉	數目	備考
懷古類	南朝	1	1	1	1															4	
	漢武	1	1	1	1			1		1		1								7	
	明皇	1	1	1																3	
	成都	1	1	1																3	
	始皇	1	1	1																3	
	宋玉	1	1	1																3	
	舊將	1	1					1				1								4	
	公子	1	1	1																3	
詠物類	禁中庭樹	1	1	1																3	
	槿花	1	1	1				1												4	
	館中新蟬	1	1	1	1			1						1						6	
	鶴	1	1	1																5	
	別墅	1	1	1																3	
	荷花	4	4	4				3												15	
	梨	1	1	1					1											4	
	淚二首	2	2	2																6	
	夕陽	1	1	1																3	
	樞密王右丞宅新菊	1	1	1			1													4	
	柳絮	1	1	1																3	
	霜月	1	1	1			1													4	
	櫻桃	1	1																	2	
	清風十韻	1	1	1	1															7	
	赤日	1	1	1																3	
	螢	1	1																	2	

類	題目															合計	
風無懷題類	代意二首	1	1		1		1	1		1						8	
	宣曲二十二韻	1	1	1												3	
	無題三首	1	3	3												9	
	前檻十二韻	1	1													2	
	洞戶	1	1													2	
	無題	4		1												2	
	無題二首	2	2													4	
時序類	七夕	1	1	1												3	
	秋夜對月	1	1	1												3	
	小園秋夕	1	1	1												3	
	苦熱	1	1	1								1				4	
	秋夕池上	1		1												2	
	戊申年七夕五絕	5	5	5										5		25	
送答類	寄靈仙觀舒職方學士	1	1	1												3	
	答案翰學士											1				1	
	答錢少卿											1				1	
	答劉學士											1				1	
	燈夕寄內翰虢略公	1	1	1	1											4	
	許洞歸吳中	1	1	1												3	
	送客不及		2	1												3	
	暑詠寄梅集賢	1	1													2	
	與客啟明	1	1	1												3	
	劉校理屬疾	1	1													2	

	受詔修書述懷感事三十韻	1	1										2	
	休沐端居有懷希望	2	1	2		1	1						7	再次首唱題和
	懷舊居	1	1	1									3	
	偶懷	1	1										2	
	此夕	1	1	1									3	
	即目	1	1										2	
	偶作	1	1										2	
	因人話建溪舊居	1											1	
其餘類	譯經光梵大師	1	1										2	
	屬疾	1	1						1	1			4	
	初秋屬疾	1	1	1									3	
	夜讌	1	1	1									4	
	勸石集賢飲	1	1		1								3	
	上已玉津園賜晏	1	1	1									3	
	致齋太一宮	1	1	1									3	
	李舍人獨直	1	1										2	
	直夜	1	1	1									3	
	直夜二首	2	2										4	

此外，從題目上看來，西崑作家在題目的選取上顯然承自李商隱的啓發而來。例如詠物類中的〈柳絮〉，〈槿花〉，〈櫻桃〉，〈荷花〉，〈霜月〉，時序類的〈七夕〉，懷古類的〈南朝〉，〈宋玉〉，〈公子〉，風懷類的〈無題〉，其餘類的〈屬疾〉，〈即目〉等等，這些題材，都可以直接在李商隱的集中找到，由此也可見出西崑作家受李商隱影響的一斑了。

第三節　《西崑酬唱集》的詩歌內容

　　前人評論西崑詩時，往往偏於詩的形式立論，而於詩的內容則較少致力，及至《四庫提要》評論《西崑酬唱集》時有言：「詞取妍華，而不乏興象」〔註3〕，詞取妍華是就形式而言，不乏興象則似指內容，惟此處所謂「興象」，意思稍覺籠統，大概是指寄託，若指寄託，便已觸及本文所謂的詩的內容，近來學者論《西崑酬唱集》時，或受前人少論西崑詩內容的影響，因此往往以爲西崑詩內容欠缺本身應有的情感思想，不能反映社會現實，故視西崑詩爲徒具美麗的軀殼，內容空洞無物，這種意見如鄭振鐸《中國文學史》所說的：

> 他們慣以靡艷之意，著靡艷之辭，老是追逐在濃粧淡抹的藻飾之後，他們是嘆離惜別，傷春悲秋，無事而忙的王孫公子，除了作詩以外，不知有別的事……〔註4〕

又如葉如新《中國文學流派》一書所說的：

> 他們的名位，身份，地位，內心世界，總是掩蔽起來，難以真面目示人，因此其作品不免徒具形式……這些人是高官（如楊億），貴族後代（如錢惟演），以至是政治上的小人（如丁謂），思想境界的卑下是可以想見的，他們作詩的目的，是上邀聖眷，下酬賓客，相和遣興，賣弄才情，也是官僚貴族生活的產物……〔註5〕

凡此，正代表一部分人對《西崑酬唱集》內容的看法，背後的理由總是以爲西崑作家俱屬達官貴人，沒有深刻的生活感受，又徒學李商隱詩的筆調，既乏李商隱的才情，也欠缺李商隱的時代環境，因此便對西崑酬唱邁內容橫加貶抑。

　　其實，這種意見，正是未能深入體會西崑詩內容所產生的偏見，爲什麼呢？筆者的理由有三：

　　一、楊劉等西崑詩人看準了李商隱詩包蘊密緻，演繹平暢，味無

〔註3〕參見《四庫提要》卷一八六，「西崑酬唱集」條，頁3882，藝文。
〔註4〕參見鄭振鐸《中國文學史》，頁461，插圖本出版社未詳。
〔註5〕參見葉如新《中國文學流派》，頁138至頁141，仲信。

窮而炙愈出〔註6〕，等特點而來學李商隱，李商隱詩既經後人註明本事後，研究者才知道他的詩並非託之空言，而是別有寄託；反觀專學李商隱的《西崑酬唱集》，清代之前，根本未見有任何注本，而且歷來論者又往往只取詩中的麗辭來與李商隱詩作字句上的比較，完全無視西崑詩意旨所在，這是西崑詩意一直未明的原因了。

二、我們瞭解西崑作家是一群來自詞苑修書的朝臣，宋初所以修書，實有其政治因素的考量在，所以張端義《貴耳集》說：

> 唐皆用陳隋舊人，置之文學，是以尊崇之，使之究其用之，勿疑也，本朝太宗取諸國有名之士入弘文館修書……是亦祖唐之遺意〔註7〕

又明胡應麟《少室山房筆叢》也說：

> 太宗以五代文人失職，慮生意外，故厚其稟祿，俾編集諸類書也〔註8〕。

足見宋初太宗修書的目的，無非是想利用修書來籠絡十國舊臣的心志，以利其政權的統治，十國舊臣難被詔入館修書，內心豈無身世之感？

三、館閣之臣，雖位居高位，同起修書，但他們心志各異，政治立場不一，不免貌合神難，彼此爭鬥，如《宋史‧楊億傳》說：

> 億剛介寡合，在書局，唯與李維，路振，刁衍，陳越，劉筠輩厚善，王欽若驟貴，億素薄其人，欽若銜之，屢抉其失；陳彭年方以文史售進，忌億名出其右，相與毀訾〔註9〕。

又《續資治通鑑長編》也記載說：

> 王欽若為人傾巧，所修書或當上意，賞所及，欽若即書名表以謝，或謬誤有遣問，則戒書吏稱楊億已下所為以對，同僚皆疾之，……億在館中，欽若或繼至，必避出，他所

〔註6〕參見葛立方《韻語陽秋》卷二，收入《歷代詩話》，頁303，藝文。
〔註7〕參見張端義《貴耳集》卷中，頁440《文淵閣四庫全書》本。
〔註8〕參見胡應麟《少室山房筆叢》，〈九流緒論‧下〉《文淵閣四庫全書》本。
〔註9〕參見《宋史》卷三五○，〈楊億傳〉，鼎文。

亦然……〔註10〕

楊億生剛介寡合，王欽若，陳彭年輩善於逢迎，兩不相善，王欽若為修書主導，楊億副之，但心志既異，彼此傾軋，怨謗多生，楊億等人處此憂疑之地，憂讒畏忌，發而為詩，雖為酬唱之作，亦必寄慨其中。

綜合上述所論，可見楊劉等西崑作家詩學李商隱，絕不只是追求李商隱詩那種濃粧淡抹的藻飾之詞而已，主要還是因為楊劉等西崑作家處此憂疑之地，不能明白諷諭，而李隱商詩包蘊密緻，炙而愈出，正可假獺祭為煙霧，諷諭時事，寄託情志，只有通過這一層面來體會《西崑酬唱集》的內容，或許較能真切掌握西崑詩人所以學李商隱的真正原因了。

基於以上的認識，下面便就諷諭時事與抒寫情志二端來論述《西崑酬唱集》的內容。

一、諷諭時事

通過歷史或傳說中古人古事的抒寫，達到諷諭時事的目的，亦即表面上不明說時事，實際上卻在暗指時事，此為中國古典詩中慣用的表現方式之一，此種方式，一來可以達到隱微其辭，含蓄蘊藉的敦厚之旨，二來可以避免過去皇權極盛所產生政治迫害的麻煩；《西崑酬唱集》有一部分詩歌，表現這樣的內容，值得加以探討。

（一）刺封禪，戒奢靡者

《西崑酬唱集》中表現這一主題的詩不少，顯示西崑作家關心時事的一面；著名的〈漢武〉詩就是顯例。

蓬萊銀闕浪漫漫，弱水回風欲到難。光照竹宮勞夜拜，露溥金掌費朝餐。力通青海求龍種，死諱文成食馬肝。待詔先生齒編貝，那教索米向長安〔註11〕。

〔註10〕參見李燾撰《續資治通鑑長編》卷六七，世界。
〔註11〕本文引用西崑詩，皆根據周楨、王圖煒注本，因此本是較早的古本，

漢武天臺切絳河，半涵非霧鬱嵯峨。桑田欲看他年變，瓠子先成此日歌。夏鼎幾遷空象物，秦橋未就已沉波。相如作賦徒能諷，卻助飄飄逸氣多。

一曲橫汾鼓回迴，侍臣高會柏梁臺。金芝燁煜凌晨見，青雀軒翔白晝來。立候東溟邀鶴駕，窮兵西極待龍媒。甘泉祭罷神光滅，更遣人間識玉杯。

建章宮闕鬱岧嶢，露掌修莖倚泬寥。平樂館中觀角觝，單于臺上懾天驕。蓬萊望氣滄波闊，大一祈年紫府遙，西母不來東朔去，茂陵松柏冷蕭蕭。

〈漢武〉詩凡七首，這四首分別爲楊億，劉筠，錢惟演，李宗諤的作品，這些詩最大的特點就是掌握各種史料，側重於漢武帝迷惑神仙虛妄的描寫，詩中著了「勞」、「費」、「空」等字眼點出漢武帝種種作爲的白費力量，各首結尾兩句就是詩意的重心，如楊億「待詔先生齒編貝，那教索米向長安。」說武帝不能任用才士，致使才士淪落長安要飯，劉筠「相如作賦徒能諷，卻助飄飄逸氣多。」說武帝不聽司馬相如的諷諫，看過司馬相如所上的賦，反而增長求神仙的逸氣，錢惟演「甘泉祭罷神光滅，更遣人間識玉杯。」說武帝求神仙至死不悟，李宗諤「西母不來東朔去，茂陵松柏冷蕭蕭。」則說武帝求神仙，至死始知求神仙的虛妄。各首詩的主旨都帶有很強烈的諷刺意味。

這些詩表面詠的是漢武帝，暗地裏卻是針對當的宋代皇帝眞宗而發的；景德、祥符年間，王欽若等人爲了鞏固自己的權力地位，不惜假造天書符瑞導眞宗封禪，這件事情的始末，詳載在宋代各種史料中，如《東觀事略·王欽若傳》記載說：

眞宗既與契丹和，寇準之功也，……欽若深害之，一日從容於眞宗曰：「澶淵之役，準以陛下爲投瓊與虞博耳，錢輸將盡，盡出之，謂之孤注，陛下，寇準之孤注也，且城下之盟，古人羞之，而陛下以爲功乎！」眞宗愀然曰：「爲之奈何？」欽若知眞宗厭兵，即謬曰：「陛下以兵取幽燕，乃可刷恥」，

且刊刻精美。

眞宗曰：「河朔生靈，始免兵革之禍，吾安能爲此，可思其
次」，欽若曰：「惟有封禪泰山，可以鎭服四海，誇示夷狄，
然自古封禪，當得天瑞，希世絕倫之事，然後可爲也。」既
而又曰：「天瑞安可必得，前代蓋有人力爲之者也。」眞宗
久之乃可，然王旦方爲相，眞宗曰：「王旦得無不可乎？」
欽若曰：「臣得以聖意諭旦，宜無不可。」欽若乘間爲旦言，
旦黽勉而從，然眞宗意猶未決。它日晚幸秘閣，惟杜鎬方直
宿，眞宗驟問之曰：「古所謂河出圖，洛出書，果何事也？」
鎬曰：「此聖人以神道設教耳」，其言適與眞宗意合，眞宗遂
意決。於是天書降于左承天關之上〔註12〕。

從這段記載中，讓我們瞭解到澶淵之役後，王欽若惟恐寇準功出己
上，所以誘眞宗行封禪，妄圖藉此打擊政敵，並藉以鞏固自己的地位，
而當時眞宗也想藉封禪之禮來「鎭服四海，誇示夷狄」，因此有意探
行王欽若之說，但一次封禪的舉行，耗費甚鉅，衡量當時國力，實不
宜有此舉動，因此當時宰相王旦等就曾以「封禪之禮，曠廢已久，若
非聖朝承平，豈能振舉。」〔註13〕勸止眞宗，西崑作家楊億等人對於
王欽若此行定當頗不以爲然，因此有上述「〈漢武〉」諸作。

與這個主題相同的例子又如〈始皇〉詩

利觜由來得擅場，盡遷豪富入咸陽。屬車夜出迷雲雨，峻
令朝行劇虎狼。前殿建旗凌紫極，東門立石見扶桑。從臣
嘉頌徒虛美，不奈盧生識國亡。

〈始皇〉詩凡三首，這詩爲劉筠作品，詩中蒐集有關始皇的各種史料，
舖陳排比，累積氣勢，以襯托尾聯二句主旨，詩第三句據周王注本引
《史記・封禪書》說：「始皇上泰山爲暴風雨所擊，不得封禪」〔註14〕，
整首詩的意思是說始皇併吞六國，遷豪富入咸陽，以利控制，東封泰
山，行嚴刑峻法，築造宮殿，立石東海以望神仙，巡狩各地刻碑頌德，

〔註12〕同註 10 卷六八。
〔註13〕同註 10。
〔註14〕參見《西崑酬唱集》周楨、王圖煒注本，頁 148，上海古籍出版社。

凡此舉措，可謂勞苦功高，但究終還是無法改變亡秦的命運，整首詩看來，仍然側重在神仙方術虛妄的描寫上。

又如〈明皇〉也表現相同的意旨。

> 玉牒開觀檢未封，鬥雞三百遠相從。紫雲度曲傳浮世，白石標年鑿半峰。河朔叛臣驚舞馬。渭橋遺老識眞龍。蓬山鎬合愁通信，迴首風濤一萬重。

> 歲歲南山見壽星，百蠻迴首奉威靈，梨園法部兼胡部，玉輦長亭復短亭。河鼓暗期隨日轉，馬嵬恨血染塵腥。西歸重按凌波舞，故老相看但涕零。

〈明皇〉詩凡三首，這二首爲楊億、劉筠的作品，詩意皆可分前後二截，前截言開元全盛之事，後半即以天寶喪亂爲說，急轉直下，造成張力，給人有種對比強烈的；雖然明皇封禪初衷與始皇，武帝不必相同，但是誇大奢侈之心則又過之，故而內煽於艷妻，外惑於諛臣，不久，安祿山擁兵爲亂，兩京陷落，輾轉流徙蜀道之中，幾致亡國，推究禍亂之起，實自侈靡驕縱開始。

另外在絕句方面，也同樣表現這樣的主題，如「戊申年七夕五絕」

> 紅蕖爛熳碧池香，羅綺三千侍漢皇，阿母暫來成底事，茂陵宮桂已蒼蒼。

> 北斗城高禁漏多，漢家宮殿奏笙歌，漫教青鳥傳消息，金簡長生得也麼。

> 珠箔風輕月似鉤，還將錦繡結高樓，堪傷乞巧年年事，未識君王已白頭。

> 月露庭中錦繡筵，神光五色一何鮮，世間工巧如求得，四至卿曹亦偶然。

> 銀河耿耿露溥溥，彩縷金針玉佩環，天媛貪忙爲靈匹，幾時留巧與人間。

〈戊申年七夕五絕〉凡廿五首，這五首，前三首爲張秉作品，後二首爲薛映作品，戊申年七夕，即大中祥符元年的七夕，這些詩約成於七夕前後不久，這時正是封禪聲浪高漲之時，宋眞準備下詔東封泰山之

前夕，據《續資治通鑑長編》記載說：

> 大中祥符元年，春正月，乙丑，上召宰臣王旦，知樞密院
> 事王欽若等，對於崇政殿之西序，上曰：「朕寢殿中帝幕皆
> 青絁爲之，旦幕間，非張燭莫能辨色，去年十一月一十七
> 日夜將半，朕方就寢，忽一室明朗，驚視之，次俄，見神
> 人星冠絳袍告朕曰：「宜於正殿建黃籙道場，一月，當降天
> 書，大中祥符三篇，勿泄天機，朕悚然起對，忽已不見，
> 遽命筆誌之，自十二月朔即蔬食齋戒於朝元殿，建道場結
> 綵壇九級，又雕木爲輿飾，以金寶恭佇神貺，雖越月，未
> 敢罷去，適睹皇城司奏左承天門屋之南角，有黃帛曳於鴟
> 吻之上……朕細思之，蓋神人所謂天降之書……〔註15〕

從這段記載中，足以見出眞宗對祥符，天書的迷妄，因而假造的天書，
祥瑞不斷地出現，試圖爲眞宗的封禪製造口實，於是大中祥符元年的
八月有下詔東封泰山之舉，西崑作家上述戊申年七夕詩，寫作的時間
正是天書降後，東封泰山之前，詩中「阿母暫來成底事，茂陵宮桂已
蒼蒼」、「漫教青鳥傳消息，金簡長生得也麼？」、「堪傷乞巧年年事，
未識君王已白頭」、「天媛貪忙爲靈匹，幾時留巧與人間」，皆非無的，
正是針對眞宗封禪之事而發的。

（二）暗寓宋滅前朝事者

西崑作家中，不少人出身於前朝官宦家庭，如楊億祖父逸爲南唐
玉山令，錢惟演，錢惟濟兄弟爲吳越王錢俶之子，刁衍父彥能久仕南
唐，薛映父允中仕後蜀孟氏，舒雅久仕南唐，這種出身背景，使得他
們對於前朝往事，無法忘情，發而爲詩，每每帶有弔慰之意。

表現這樣主題的詩，以〈南朝〉詩最明顯。

> 五鼓端門漏滴稀，夜籤聲斷翠華飛。繁星曉埭聞雞度，細
> 雨春場射雉歸。步試金蓮波濺襪，歌翻玉樹涕霑衣。龍盤
> 王氣終三百，猶得澄瀾對敞扉。
>
> 結綺臨春映夕霏，景陽鐘動曙星稀。潘妃寶釧光如畫，江

〔註15〕同註12。

令花牋落似飛。舴艋凌波朱火度，舳艫拂漢紫煙微。自從
飲馬秦淮水，蜀柳無因對殿幃。

華林酒滿勸長星，青溪樓高未稱情。麝壁燈迴偏照晝，雀
航波漲欲浮城。鐘聲但恐嚴妝晚，衣帶那知敵國輕。千古
風流佳麗地，盡供哀思與蘭成。

僊華玉壽夜沉沉，三閣齊雲複道深。平昔金鋪空廢苑，于
今瓊樹有遺音。珠簾映寢方成夢，麝壁飄香未稱心。惆悵
雷塘都幾日，吟魂醉魄已相尋。

〈南朝〉詩凡四首，分別為楊億，錢惟演，劉筠，李宗諤作品，詩中
表現西崑作家一貫的創作手法，即廣博地蒐羅南朝的歷史故實，其中
尤以雜用齊、陳故事為多，排比舖敘，極力寫盡南朝君臣溺於遊宴，
沉湎酒色，驕奢無度，以致亡國的各種生活現象，每首詩的末聯皆帶
有弔慰之意，表面上，這些詩寫是南朝，暗地裏卻有指涉南唐被滅的
深意，據《宋史・南唐世家》的記載說：

> 初，（宋）將有事江表，江南進士樊若水詣闕獻策，請造浮
> 梁以濟師，太祖遣高品石全振往荊湖造黃黑龍船數千艘，
> 又以大艦載巨竹絙，自荊渚而下，及命曹彬等出師，乃遣
> 八作使郝守濬等率丁匠營之，議者以為古未有作浮梁渡大
> 江者，恐不能就。乃先試於石牌口，移置采石，三日而成，
> 渡江若履平地，煜初聞朝廷作浮梁，語其臣張洎，洎對曰：
> 「載籍已來，長江無為梁之事。」煜曰：「吾亦以為兒戲耳。」
> 王師渡江，煜委兵炳於皇甫繼勳，委機事於陳喬、張洎，
> 又以徐溫諸孫元楀等為傳詔，每軍書告急，多不時通。八
> 年春，王師傅城下，煜猶不知，一日登城，見列柵於外，
> 旌旗遍野，始大懼，知為近習所蔽，遂殺繼勳，召朱令贊
> 於上江，令連巨筏載甲士數萬人順流而下，將斷浮樑，未
> 至，為劉遇所破〔註16〕。

從這段記載看來，則劉筠所吟詠的「鐘聲但恐嚴妝晚，衣帶那知敵國
輕。」實有互為表裏之處，衣帶意即江水，言荒唐的君王，但峙江水

〔註16〕參見《宋史》卷四七八，〈南唐李氏世家〉，鼎文。

憑障，不思外患，只知溺於享樂，終致亡國。

又據葉夢得《石林燕語》記載說：

> 江南李煜既降，太祖嘗因曲燕問，聞卿在國中好作詩，因使舉其得意者一聯，煜沉吟久之，誦其詠扇云：「揖讓月在手，動搖風滿懷」，上曰：「滿懷之風，卻有多少」，他日復燕煜，顧近臣曰：「好一箇翰林學士」〔註17〕。

南唐後主李煜本是一個文學氣質很重的君主，在宋未滅南唐前，這位君主的風流韻事便時有所聞，上面所引，可以見出宋太祖的眼中，李煜只不過是個吟風弄月的翰林學士，他作爲一朝人君顯然不適合。

那麼李宗諤所吟詠的「惆悵雷塘都幾日，吟魂醉魄已相尋」，表面上雖是說陳、隋的淪喪，如出一轍，實際上卻有暗中弔慰南唐後主只知飲酒作詩爲樂，不思外患，以致亡國之意。

表現這樣主題的詩文又有〈成都〉詩。

> 五丁力盡蜀川通，千古成都綠酎醲。白帝倉空蛙在井，青天路險爲峰。漫傳西漢祠神馬，已見南陽起臥龍。張載勒銘堪作戒，莫矜函谷一丸封。

〈成都〉詩凡三首，這首詩爲楊億的作品，末聯的議論是詩的主旨所在，首聯說蜀自開明帝派遣五丁開山以通中國，此後歷代割據之主不乏其人，如漢公遜述、劉禪，五代王衍，孟昶等，沒有不負險自固，驕奢放縱，以致亡國者。而醇酒美女以成都最多。三句或以孟昶庸懦比公孫述，四句哀憐有此天險卻不可守，五句暗指宋太祖派兵謀伐，六句暗用王昭遠僕自比臥龍領兵拒戰〔註18〕，末聯謂不能修德以守，卻負險而驕，終致國亡人手。詩寫成都，實有暗中弔慰西蜀孟昶亡國之意。

（三）揭示宮廷私事者

表現這一主題的詩，可以著名的〈宣曲二十二韻〉爲代表。

〔註17〕參見葉夢得《石燕語》卷四，頁863之572《文淵閣四庫全書》本。

〔註18〕參見鄭再時《西崑酬唱集箋注》，頁502，齊魯書社。

八月收民算，三千異典章。天機從此淺，國艷或非良。玉
戶銅爲沓，羅幬象作床。驪姬初悔泣，飛燕近專房。蓮小
縈承步，梅新競試妝。盡知春可樂，終歎夜何長。取酒臨
邛遠，吞聲息國亡。難銷守宮血，易斷舞鸞腸。百草兼花
鬥，雙鉤映燭藏。金人須手鑄，虎圈更身當。步輦回長樂，
飛除接未央。琳珉飾觀館，藻繡挹周牆。厭火雙尾魚，鳴
弦小雁行。雲甍澄顥氣，綺井激回光。路有斯須隔，憂難
頃刻忘。新聲來樂府，別寢近溫湯。虹跨層臺晚，螢飛下
苑涼。錦幃迎七夕，蓬餌薦重陽。九畹蘭承露，三江橘帶
箱。方資裂繒笑，可要蕩舟狂。並釣池魚小，重衾穴鳳翔。
珊瑚分碧樹，火齊列清防。背枕多幽怨，登樓更遠傷。下
陳無自愧，人嫏劇豺狼。

〈宣曲〉詩凡三首，這詩爲劉筠作品，詩題標二十二韻，這詩實有二
十四韻，比題目多出二韻；詩中吟詠的對象爲誰？歷來解說紛紜，歸
納之可得三說：

一、陸游以爲指當時的楊、劉二妃；這個說法見於《渭南文集》
跋《西崑酬唱集》，原文如下：

> 宣曲見東方朔傳，其詩盛傳都下，而劉楊方幸，或謂頗指
> 宮掖，又二妃皆蜀人，詩中有取酒臨邛遠之句，賴天子愛
> 才士，皆置而不問，獨下詔諷切而已，不然亦殆矣〔註19〕。

陸游的意思是說，「〈宣曲〉詩」寫何人，無法確知，所以只據詩中「取
酒臨邛遠」之句，推測爲楊劉二妃。

二、《續資治通鑑長編》引江休復之說以爲散樂伶丁香。原文如
下：

> 大中祥符二年春正月己巳……（下引江休復云）：上在南衙
> 嘗召散樂伶丁香承恩幸，楊劉在禁中作宣曲詩，王欽若密
> 奏以爲寓諷，遂著令戒僻文字〔註20〕。

王仲犖注《西崑酬唱集》從此說，其理由可歸納如下：

〔註19〕參見陸游《渭南文集》卷三一，世界。
〔註20〕同註10卷七一。

（一）江休復距楊劉時代近，故老傳聞，較有所據。

（二）〈宣曲〉詩結句，楊億作「銷魂璧臺路，千古樂池平」，錢惟演「祇應金帶枕，聊爲達微詞」之語，則似丁香已死，故宣曲詩中，雖有劉楊二妃在，而詩中所詠的對則是丁香而非劉楊二妃。〔註21〕

三、鄭再時《西崑酬唱集箋注》以爲詠的是後蜀孟昶妃花蕊夫人。所據理由可歸納爲下列二端：

（一）〈宣曲〉詩詠前朝亡國宮闈則可，謂直指當代君后，即肆無忌憚之小人，亦所不敢爲，曾謂劉楊諸人爲之乎？

（二）詩中有取酒臨邛遠之句，考取酒臨邛，乃用〈長門賦序〉，陳皇后奉黃金百斤爲相如文君取酒事，非可以妃爲蜀人，即可云「取酒臨邛」也，蓋游與西崑詩派不同，或尚不至故意誣蔑，然時致不滿之辭，此南宋門戶之見也〔註22〕。

上述三說，實難指陳何者爲是，比較看來，則以《續資治通鑑長編》引江休復之說爲合理，事實上，〈宣曲〉詩詩旨本甚隱晦，故不必拘泥詩中所指必定爲何人？雖然如此，但「〈宣曲〉詩」揭示宮廷中私事則甚顯然，所謂「言之者無罪，聞之者足以戒」正是此意，由於「宣曲詩」差一點惹禍，不免告訴我們一件事實，這就是縱使詩人再如何善長假借隱晦之辭爲煙霧，一旦在上位的統治者要興文字獄，終究無法逃過，〈宣曲詩〉只不過一時被禁，若拿此事與後來蘇東坡烏台詩案相較，則「〈宣曲〉詩」作家總算幸運得多了。

（四）反映當時政治爭鬥者

《西崑酬唱集》中，表現這一主題的詩並不少，如〈直夜〉詩

繞垣嶢闕慶雲深，豈燭燻爐對擁衾。三殿夜籤傳漏箭，九秋霜籟入風琴。階前槁葉驚寒雨，天際孤鴻答迴砧。敧枕便成魚鳥夢，豈知名路有機心。

〈直夜〉詩凡三首，這詩首爲楊億的作品，詩中很明顯表現了對於置

〔註21〕參見王仲犖《西崑酬唱集注》，頁79，漢京。
〔註22〕同註18，頁418。

身環境感到疑懼艱危，「敲枕便成魚鳥夢，豈知名路有機心。」除了對自由自在的生活渴望、嚮往外，並呈露出楊億在現實政治環境下備受排擠所發出的一種無奈心聲。關於楊億何時時呈現這種憂懼的心情，藉著下列一段記載來看或較明顯。《東觀事略・楊億傳》說：

> 楊億……厚風義，重名教，誘進後學，樂道人善，賢士大夫翕然宗之，然品評人物，黑白太明，亦以此取疾於人，而人多讒毀之者。億嘗草答契丹書云：「鄰壤交歡」，真宗自注其側云：「巧壤，鼠壤，糞壤」，億遂改爲鄰境，明日引唐故事，學士草制有所改，並不稱職，亟求罷，真宗語宰相曰：「楊億不通商量，真有氣性」，及章獻后之立也，真宗欲得億草制，使丁謂諭旨，億難之。謂曰：「大年勉爲此，不憂不富貴」，億曰：「如此富貴，亦非所願也。」乃命陳彭年草制，億既頻忤旨，而王欽若，陳彭年深所讒毀，億嘗入直，夜召見禁中，命坐賜茶，從容顧答，久之，出文稿數篋，以示億曰：「卿識朕書蹟乎？皆朕自起草，未嘗令臣下代作也。」億皇恐不知所對，頓首再拜而出，乃知讒言得行矣。億有別墅在陽翟，億母往視之，會母病，億不俟報而行，讒者以爲慢……〔註23〕

由此可見，楊億雖負有文名，又居館閣，但他的仕宦生活並不是一般人想像的稱心如意，因爲他性格剛介，不懂曲承逢迎，又好品評人物，黑白太明，不免得罪於人，本來真宗對楊億頗有稱賞之意，如果楊億能曲應奉承，登相位應屬不難，但楊億卻屢犯聖顏，兼以王欽若，陳彭年等深嫉楊億之名，難免從中進讒譖言，楊億與真宗的關係自然受影響，這時楊億處境顯得日益艱危，所以時露憂愁之心，上面的「〈直夜〉詩」正是憂讒畏忌之作。

　　同樣表現這個主題的又如〈偶懷〉詩

> 銀礫飛晴霰，蘭英湛凍醪。年光侵葆髮，春恨寄雲袍。燕重銜泥遠，鴻驚避弋高。平生林壑志，誤佩呂虔刀。

〔註23〕參見王偁《東都事略》卷四七，〈楊億傳〉，頁705，文海。

「〈偶懷〉詩」凡三首，這詩爲楊億作品，詩因編次在前面那首直夜詩後面，寫作時間當稍晚於直夜詩，直夜詩寫的是夜晚的心情，這首詩寫的則正白天的心情，詩中以久居館職，年光漸衰，油然昇起失意無成之感，故藉銜重泥之燕，受驚高飛之鴻自喻。從中可以感受其受壓迫之重，與驚懼之深，結聯明白表示對於自己誤入這場充滿爭鬥的環境，深感悔恨。

又如「〈偶作〉詩」

　　翹車蕊佩謁明光，禁禦多年費稻粱。祇羨泥塗龜曳尾，翻嫌霧雨豹成章。鳴鳩春穀先疇廢，寒蝶秋菘老圃荒。歸計未成芳節晚，更憂禽鹿頓纓狂。

〈偶作〉詩凡二首，這詩爲楊億作品，詩中同樣對自己館閣生活表現厭倦之意；由於此時王欽若，陳彭年這些人日漸得意，楊億之言蓋不受重視，內心常懷不平之心，因而詩中每每流露歸隱之意。

上述三首作品皆作於景德，祥符之際，從詩中表現出來的憂疑心境，不難想像楊億處身的艱危，拿這些詩來與楊億後來因懼讒言而出奔陽翟的事件相參，便可見出這些詩早已露了一些跡象，可見即使身居館閣這樣的高位，仍然時時要防備政治上小人的詆譖攻擊，這便是何以楊劉諸人，每每懷著憂愁之心，卻又不見信於君王的原因了。

綜合上面所論，可見《西崑酬唱集》並非眞如一部分人士所說的閒來無事的遊戲無聊之作，從諷諭時事這點出發，則它反映宋初統治者作爲的種種不當，如求神仙，不能任賢才，聽信讒言，與生活奢靡等，尤爲顯著者，它反映當時的政治爭鬥，其中特別是王欽若，陳彭年等與寇準，楊億等的政治衝突，所以《西崑酬唱集》實具有反映當時社會最重要的現象的一面，它在宋初詩壇上具有一定的現實意義。

二、抒寫情志

《詩大序》說：「詩者志之所之也，在心爲志，發言爲詩，情動於

中而形於言，言之不足故嗟歎之，故永歌之，永歌之不足，不知手之舞之，足之蹈也」〔註24〕，《文心雕龍》〈明詩篇〉也說：「人稟七情，應物斯感，感物吟志，莫非自然」〔註25〕，故知詩恆為情志的表現，《西崑酬唱集》也屬於中國抒情詩傳統的一環，這群作家的情志豈因作品的雕金鏤玉辭彩爛然便被隱沒，論者每因見雕鏤極工便謂無真實情感，實在有欠體會，殊不知其詞愈華，其情愈深，美麗的藻飾背後，往往隱藏更深的哀愁，茲再就抒寫情志一端來看《西崑酬唱集》的內容。

（一）托物寓意

《西崑酬唱集》中詠物作品最多，往往能將作者自己的情志寄託在所詠的物上，例如〈禁中庭樹〉。

> 直幹依金閨，繁陰覆綺楹。纍珠辱露重，噪管夜蟬清。霜桂丹丘路，星榆北斗城。歲寒徒自許，蜀柳笑孤貞。

〈禁中庭樹〉詩凡三首，這首詩為楊億的作品，詩以禁中庭樹自喻。禁中庭樹，生長在禁城之中，它有直挺的枝幹，繁密的樹蔭，早晨承重露，晚上清蟬相伴，這樹有如神仙世界的霜桂，天上星榆一般，並且具有松柏凌霜雪而彌勁的堅貞性格，這是蜀柳一類任咨玩賞，迎風俯揚所沒有的。這首詩是楊億心目中的〈禁中庭樹〉，而「孤貞」正是楊億賦予禁中庭樹的節操，依據王國維《人間詞話》的說法「以我觀物，故物皆著我之色彩」〔註26〕，則〈禁中庭樹〉的「孤貞」就是楊億自喻其志了。

又如〈館中新蟬〉

> 庭中嘉樹發華滋，可要螳螂共此時。翼薄乍舒宮女鬢，蛻輕全解羽人尸。風來玉宇鳥先轉，露下金莖鶴未知，日永聲長兼夜思，肯容潘岳到秋悲。

〈館中新蟬〉凡六首，這首詩為劉筠作品，詩的託意在第二句便能看

〔註24〕參見《十三經注疏》本《詩經》，頁13，藝文。
〔註25〕參見劉勰《文心雕龍》，〈明詩篇〉第六，頁83，里仁。
〔註26〕參見王國維《人間詞話》卷上，大夏。

出，整首詩或有以新蟬來比楊億，以螳螂來比小人，第一句寫蟬之所在，第二句明言蟬置身環境的危殆，第三句以宮女鬢來比蟬翼的美，第四句用羽人尸來寫蟬的蛻塵，第五句烏先轉謂讒人工於逢迎，第六句鶴未知則比喻自己的遲拙，末聯寫蟬憂懷難釋，讒言日逼，恐容不到秋天，而新蟬已去。

又如〈鶴〉詩

> 悵望青田碧草齊，帝鄉歸路阻丹梯。露濃漢苑宵猶警，雪滿梁園晝乍迷。瑞世鸞鳥徒自許，繞枝烏鵲未成棲。終年已結雲羅恨，忍受西樓曉月低。

〈鶴〉詩凡五首，這首詩為楊億作品，詩以鶴自喻，首聯謂鶴本為仙鄉之物，如今卻被拘羅不得返鄉，從「悵望」一詞，可見鶴遭陷此中，不得出脫，心情鬱悶可知，頷聯說鶴置身環境的艱危，日夜驚心，迷惘難安，不知何去何從，頸聯謂鶴本以鸞鳳美鳥自許，但竟成無枝可依的烏鵲，則小人阻難讒譖可知，末聯謂鶴抱此長年羈拘之恨，忍送西樓曉月，則欲思歸去，徹夜憂思可知。

又如「〈螢〉詩」

> 荒郊多腐草，故苑近清秋。棘密何勝數，囊輕草盡收。月高疑熖息，天遠認星流。紫桂風微急，紅蘭露遍浮。已能穿永巷，更欲拂高樓。滅螢方無寐，鳴蛩相薦愁。

〈螢〉詩凡二首，這首詩為劉筠作品，詩編次在最末，大概是結集前不久的作品，換言之，這首詩大概作於大中祥符元年秋間，末聯為詩旨所在，詩以螢比喻小人，螢火比讒言，螢於秋天盡出，則小人得志，讒言流行，故使孤貞之士，憂愁無寐。

上述詠物作品，從表面上看來，似乎只是單純地運用很美麗的詞藻，徵引繁富的典故來寫物而已，實際上作者已將自己的情志很自然地寄託在所詠的物上，這是要仔細體會才會發現的。

（二）寫身世感慨

《西崑酬唱集》中表現這個主題的，可以〈淚〉詩為代表。

寒風易水已成悲，亡國何人見黍離。枉是荊王疑美璞，更
令楊子怨多歧。胡笳暮應三撾鼓，楚舞春臨百子池。未抵
索居愁翠被，圓荷清曉露淋漓。

家人在河陽路入秦，樓頭相望只酸辛。江南滿目新亭宴，
旗鼓傷心故國春。仙掌倚天頻滴露，方諸待月自涵律。荊
王未辨連城價，腸斷南州抱璧人。

含酸茹歎幾傷神，嗚咽交流忽滿巾。建業江山非故國，灞
陵風雨又殘春。虞歌訣別亡楚，燕酒初酣待報秦。欲訴青
天銷積恨，月娥孀獨更愁人。

〈淚〉詩凡六首，三人酬唱，每人二首，這三首分別為楊億、錢惟
演、劉筠的作品，三首詩寫作筆法完全承襲李商隱的〈淚〉詩影響
而來〔註27〕，但李商隱的〈淚〉詩，雖然寫盡諸種流淚之因，卻不
及寫到亡國之淚，這點或許是因李商隱未遭亡國之痛而體會不及
吧？反觀西崑詩人如楊億詩「亡國何人見黍離」，劉筠詩「旗鼓傷心
故國春」，錢惟演詩「建業江山非故國」，三個人三句詩，同樣一種
意思，這正好表現出他們寫作時相同的心理感受，正因楊錢諸人抱
著亡國遺恨的切身之痛，所以著筆寫來，感慨也就顯得特別深刻，
足見他們筆下的眼淚，絕不同於一般王孫公子嘆離惜別，傷春悲秋
的眼淚，而是亡國大夫的一掬傷心之淚〔註28〕。

（三）設為男女之辭寫不遇之感者

集中有不少詩，特別是無題詩，表現這種主題，例如「〈代意〉詩」
短夢殘妝慘別魂，白頭詞苦怨文園。誰容五馬傳心曲，祇
許雙鸞見淚痕。易變肯隨南地橘，忘憂虛對北堂萱。回文
信斷依香歇，猶憶章臺走畫轅。

〔註27〕李商隱詩：「永巷長年怨綺羅，離情終日思風波。湘江竹上痕無限，
峴首碑前灑幾多。人去紫臺秋入塞，兵殘楚帳夜聞歌。朝來灞水橋
邊問，未抵青袍送玉珂」。其筆法分析參見本文第五章，第一節特殊
章法表現之分析。
〔註28〕參見吳則虞撰〈西崑發隱〉，收入《藝林叢錄》第七編，頁185，谷
風。

〈代意〉詩凡八首，這首詩爲楊億作品，〈代意〉雖有題目，實與無題詩一樣，這類詩意旨很迷離閃爍，情感卻極強烈深刻，表面上看來，似乎在寫男女離愁別緒之情，實際上卻是假託男女之詞來寫君臣遇合的寵衰，這種寄託比興的傳統，可以遠溯於《楚辭》的香草美人，屈原便是慣用此種表現方式的詩人。楊億這首詩直接承自李商隱的啓示而來，間接地繼承《離騷》、《楚辭》的傳統而來。這首詩的意旨大概是說君恩雖衰，但臣節則始終不渝，即使日後不再蒙受君王恩遇，但仍然對君恩眷念不忘，從詩中所下的字眼，如慘，苦，淚，憂，充分表現這份君臣間的深情。

相同的主題又如「〈無題〉」三首。

曲池波暖蕙風輕，頭白鴛鴦占綠萍。才斷歌雲成夢雨，半迴笑電作嗔霆。湘蘭自古傳幽怨，秦鳳何年入杳冥。不待萱蘇觸薄怒，間階鬥雀有遺翎。

〈無題〉三首，凡九首，三人酬唱，一人三首。這首詩爲楊億作品，這詩也是祖述美人香草的遺意，委婉地轉達一種不遇的傷感，詩起聯將君臣相得比作男女婚姻，冀望如白頭鴛鴦，長相廝守，領聯，言君寵頃刻間驟變，五句言自己忠貞不能上達，故抱著無限幽怨，六句謂與君關係日漸疏遠，求如秦鳳入杳冥而不可得，末聯謂己甘受這種寂寞，不勉強求合，以明去意。

相同的主題又如另一組〈無題〉詩。

巫陽歸夢隔千峰，辟惡香銷翠被空。桂魄漸虧愁曉月，蕉心不展怨春風。遙山黯黯眉長斂，一水盈盈語未通，漫託鵾絃傳恨意，雲鬢日夕似飛蓬。

〈無題〉詩凡二首，這首詩爲楊億作品，整首詩瀰漫著一種空間阻隔的傷感，詩首聯謂昔日的遇合已如雲煙消散，即使在夢中也難再尋回，領聯謂恩寵不能如月有再圓之時，內心的幽怨只似芭蕉深捲在春風中，頸聯謂愁眉深鎖，憂怨無人傾訴，末聯言只能藉琵琶來傳達恨意，於容貌則無心再加梳理，整首詩即假藉被棄女子的悲哀來寫自己不遇

於君的悲哀。

　　綜合以上所述，我們可以見出西崑作家情感及思想絕無任何卑下之處，相反地，從幾首「詠物詩」的內容可以見出楊劉諸人的志節與情感，從〈淚〉詩可以感受到他們那種特殊的身世感慨，從「〈無題〉」詩可以見出他們對君王的深情款款，眷眷不忘。凡此，絕不因辭藻華麗，意旨隱蔽而有所掩蓋。

第五章 《西崑酬唱集》詩歌的形式

　　關於《西崑酬唱集》詩歌的內容已於上章討論過，本章則再就《西崑酬唱集》詩歌形式進行探討，以見出《西崑酬唱集》的詩歌創作手法，所謂詩歌的形式，包括章法結構，對偶的整鍊，典故的運用，設色，用韻等，下面則分成五節予以探討。

第一節 特殊的章法結構

　　一般而言，詩尤其是律詩與議論文的章法相同，可以分成起、承、轉、合四段，即首聯（一二句）為起，頷聯（三四）為承，項聯（五六句）為轉，末聯（七八句為合，此與絕句第一句為起，第二句為承，第三句為轉，第四句為合一樣。這是律詩的基本法則，元人楊載於《詩法家數》中對起、承、轉、合四段要法有所說明，他說：

> 破題：或對景興起，或比起，或引事起，或就題起，要突
> 兀高遠，如狂風捲浪，勢欲滔天。
> 頷聯：或寫意，或寫景，或書事，用事，引證，此聯要接
> 破題，要如驪龍之珠，抱而不脫。
> 腹聯：或寫意，寫景，書事，用事，引證，與前聯之意相
> 應相避，要變化，如疾雷破山，觀者驚愕。

　　結句：或就題結，或開一步，或繳前聯之意，或用事，必放
　一句作散場，如剡溪之棹，自去自回，言有盡而意無窮〔註1〕。
楊載這段意見，已將律詩的基料章法結構，作了概括性的解說了，這
種起、承、轉、合的章法結構，正是一般詩人作詩通常遵的法則。

　　但是在《西崑酬唱集》中，有一部分的詩能夠打破這種章法結構，
因而形成一種特殊的表現手法，值得在此提出探討。

　　茲將這些詩以圖形表示於下，以便說明。例如楊億的〈漢武〉詩：

```
1 蓬萊銀闕浪漫漫  ＼
2 弱水迴風欲到難  ＼
3 光照竹宮勞夜拜  ＼      7 待詔先生齒編貝
4 露溥金掌費朝餐  ───    8 那教索米向長安
5 力通青海求龍種  ／
6 死諱文成食馬肝  ／
```

如圖所示，楊億這首詩作法，運用前六句與後二句作對比的形式，整
首詩前六句蒐集漢武帝的各種史料，一件件的排出來，如說漢武帝好
神仙（第12346句），好擴張領土（第 5 句），殺了文成將軍又不肯承
認（第 6 句），上述六句平列，不具連續性，亦無任何主從關係，但
各句的意象，隨著每句呈現的歷史故實的數落而重重疊現加深，到了
末聯，才結出正意，整首詩的重心就壓在最後兩句，即漢武不能任用
賢士，致使賢士淪落長安要飯的意思上面。

　　這種表現手法，稱為合筆見意歸納法〔註2〕，或稱為到頭結穴格
〔註3〕，錢鍾書稱它為六二格〔註4〕，這種章法所以異於一般起承轉
合四段結構，在於它沒有「轉」，前六句累積氣勢，至第七句猛力跌
轉，托出正意，這是極有力的表現手法。

〔註 1〕　參見元·楊載〈詩法家數〉，收入《歷代詩話》，頁 471，藝文。
〔註 2〕　參張夢機《古典詩的形式結構》，〈章法的常與變〉，尚友。
〔註 3〕　參見陳文華撰〈比較與翻案論義山七律末聯的深一層法〉一文，收
　　　　　入《李商隱詩研究論文集》，頁 656，天工。
〔註 4〕　參見錢鍾書《宋詩選繹》，頁 14，學海。

　　像這種時殊的章法結構，又見於〈南朝〉詩，〈淚〉詩，茲再舉楊億、劉筠等參與酬加的「〈淚〉詩」為例。

1 寒風易水已成悲
2 亡國何人見黍離
3 枉是荊王疑美璞
4 更令楊子怨多歧
5 胡笳暮應三撾鼓
6 楚舞春臨百子池

7 未抵索居愁翠被
8 圓荷清曉露淋漓

這首詩第一句寫刺客行前之淚，第二句寫亡國大夫之淚，第三句寫才士不遇之淚，第四句寫前途茫然之淚，第五句寫軍士征戰之淚，第六句寫失寵夫人之淚，第七句以「未抵」二字作結，斷然否定前面六種累積的悲哀，祇肯定個人當前的悲哀，而索居愁翠被正可視為作者最大悲哀之所繫，試想假如整首詩沒有最後二句，則前面六句的舖排，形象都將成為無歸之水，所以稱這種章法為到頭結穴格。

　　又如劉筠的〈淚〉詩：

1 含酸茹歎幾傷神
2 嗚咽交流忽滿巾
3 建業江山非故國
4 灞陵風雨又殘春
5 虞歌訣別知亡楚
6 燕酒初酣待報秦
7 欲訴青天銷積恨
8 月娥孀獨更愁人

運用的正是此法。

　　在七絕中也有類似此法的運用，如張秉的這首〈戊申年七夕五絕〉：

紅蕖爛熳碧池香
羅綺三千侍漢皇
阿母暫來成底事

　　　　茂陵宮桂已蒼蒼

前面三句一意，後面一句一意，前後對比，諷刺的意思更爲加強。

　　　這種合筆見意歸納法，其實在文章之中已屬屢見，如宋玉〈對楚王問〉，江淹〈恨賦〉、〈別賦〉皆是，杜甫也偶而使用，到了李商隱才算是特意地將這種章法運用到律詩中來，李商隱的淚詩，聞歌，無題「颯颯東風細雨來」，及〈茂陵〉詩，俱屬於這種手法表現，茲舉李商隱著名的〈淚〉詩爲例說明：

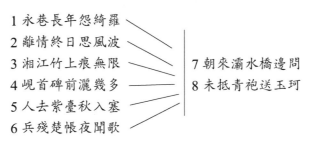

首句寫宮女失寵之淚，二句寫夫婦生離之淚，三句寫夫婦死別之淚，四句寫懷念名將之淚，五句寫美人沈淪絕域之淚，六句寫英雄窮途末路之淚，凡此六種淚，固然悽愴傷懷，卻無切膚之痛，故感慨較淺，因此著「未抵」二字，斷然否定上述六種流淚的悲哀，只肯定自己當前的悲淚，即七八二句所說的才士沈滯下僚之淚〔註5〕，用的正是此種。

　　　這種合筆見意歸納法，在傳統章法中，是一種很特別的類型，馮鈍吟曾評李商隱〈淚〉詩說「起、承、轉、合訓蒙之法也，如此詩，三體詩，瀛奎律髓，全用不著矣」〔註6〕，由於律詩主句，通常以起句爲多，在結處較少，原因是起句者較易得勢，而在結處者，則前六句不脫離主意，須一路逼進，故創作較難，因此這種前張後歛的章法，雖然跳動跌宕，但創作時，還須精心經營，方臻妙詣〔註7〕，《西崑酬

〔註5〕參見張仁青〈李義山淚詩評注〉，收入《李商隱詩研究論文集》，頁1024，天工。

〔註6〕參見馮浩玉《溪生詩詳注》，〈淚詩〉，頁409，華世。

〔註7〕參見張夢機《古典詩的形式結構》，頁183至184，尚友。

唱集》中的詩人承自李商隱詩的啓發，而加以推演，故集中可見不少運用這種合筆見意歸納法相當成功的作品。

第二節　對偶的整齊凝練

　　中國文字一字一音，很容易形成對偶的聲律美與文字的形體美，這是西洋文字一字多音，字形長短不齊，字義簡複各異所沒有的，所以這種如龍門對峙，日月雙懸，眞能巧奪天工的對偶的形式，形成中國語文獨具的特色。

　　探究對偶的起源，最初以自然爲歸，如《尙書・禹貢》「流共工于幽州，放驩兜于崇山」，《孟子・滕文公篇》「一齊人傅之，眾楚人咻之。」這些偶句，皆不靠刻意經營，至漢魏以後，對偶的使用才有明顯避去同字的傾向，並漸次由自然轉爲刻意經營，六朝時謝靈運、沈約等人更專意此道，劉勰《文心雕龍》曾提出四對之說〔註8〕，隋唐時則開始嚴格講究對偶的規律，五七言律詩的形成，多少受此影響而來，至唐初上官儀提出六對八對之說〔註9〕，對偶的名稱，繼劉勰之後，得到進一步的說明，此後繼起的詩家如元兢、崔融、王昌齡，以迄於中唐皎然《詩評・詩議》，相互推衍，對偶的名稱漸次由簡趨繁，再由繁而轉精密。

　　當然，理想對偶運用，是以工巧又不傷詩意爲貴，要至秦於這樣的境界非靠高度的技巧與才學難以達到，昔人曾說：謝靈運「園柳變鳴

〔註8〕參見《文心雕龍・麗辭》第三十五，《文心雕龍注釋》，頁663，里仁。
〔註9〕唐上官儀曰：詩有六對，一曰正名對，天地日月是也，二曰同類對，花葉草芽是也，三曰連珠對，蕭蕭赫赫是也，四曰雙聲對，黃魂綠柳是也，五曰疊韻對，彷徨放曠是也，六曰雙擬對，春樹秋池是也，又曰，詩有八對，一曰的名對，送酒東南去，迎琴西北來是也，二曰異類對，風織池間樹，蟲穿草上文是也，三曰雙聲對，秋露香佳菊，春風馥麗蘭是也，四曰疊韻對，放蕩千般意，遷延一介心是也，五曰聯綿對，殘河若帶，初月如眉是也。六曰雙擬對，議月眉欺月，論花頰勝花是也，七曰回文對，情新因意得，意得逐情新是也，八曰隔句對，相思復相憶，夜夜淚沾衣，空歎復空泣，朝朝君未歸是也，參見《詩人玉屑》卷七引詩苑類格，商務。

禽」不及下句「池塘生春草」，謝朓「餘霞散成綺」不及下句「澄江靜如練」，杜甫「遠鷗浮水靜」不及下句「輕燕受風斜」，梅堯臣「柳塘春水漫」不及下句「花塢夕陽遲」〔註10〕，足見對偶要達到完美的境界是不容易的，不過，前代詩人中，又有以對偶出名的作家，如駱賓王好用數對，稱爲「算博士」，楊炯好用人名成對，人稱「點鬼簿」〔註11〕，王維「漠漠水田飛白鷺，陰陰夏木囀黃鸝」，杜甫「無邊落木蕭蕭下，不盡長江滾滾來。」俱疊字爲對，超妙一時，此外李商隱「此日六軍同駐馬，當時七夕笑牽牛」，宋王安石「一水護田將綠繞，兩山排闥送青來」，皆以精於用對出名。宋初西崑詩人也素以喜用對偶者名，如葉夢得《石林詩話》說：「楊大年，劉子儀皆喜唐彥謙詩，以其用事精巧，對偶親切」〔註12〕，《蔡寬夫詩話》也說：「楊文公尤酷嗜唐彥謙詩，當是時以偶儷爲工耳」〔註13〕，可見西崑詩人好用對偶之一斑。

　　一般而言，對偶的運用以下四者較特殊，即一、顏色對，二、方位對，三、數目對，四、干支對，這幾類包含的詞彙，因無法與其他詞彙相對，詩中如果這些類對得工了，便令人覺得很工了，下面則選擇顏色對，專有名詞的人名對，方位對及數目對來看看《西崑酬唱集》對偶運用的情形。

一、顏色對

　　例如：

　　紅蘭受露消晨渴，綠蕙翻風折夜醒。(錢惟演，〈再次首唱題和〉)

　　三山密信傳青雀，五日歸鞍躍紫騮。(楊億，〈再次首唱題和〉)

　　舴艋凌波朱火度，舳艫拂漢紫煙微。(錢惟演，〈南朝〉)

　　嫩殼半遺紅藥地，細聲偏傍綠楊樓。(張詠，〈館中新蟬〉)

〔註10〕　參見兒島獻吉郎《中國文學通論》中卷頁147，商務。

〔註11〕　參見《全唐詩話》卷一，收入《歷代詩話》，頁41，藝文。

〔註12〕　參見葉夢得《石林詩話》，頁1478之994《文淵閣四庫全書》。

〔註13〕　參見《苕溪漁隱叢話‧前集》卷二十二，引《蔡寬夫詩話》語，頁145，長安。

金芝燁煜凌晨見，青雀軒翔白晝來。（錢惟演，〈漢武〉）

翠羽芳洲近，青綠快騎過。（楊億，〈荷花〉）

紫桂風微急，紅蘭露偏浮。（劉筠，〈螢〉）

青煙碧瓦開新第，白草黃雲廢舊壇。（劉筠，〈舊將〉）

紫梨半熟連紅樹，碧蘚初圓亂縹牆。（錢惟演，〈小園秋夕〉）

上述所舉各例，七律皆取自律詩中頷頸兩聯，排律則取中間各聯為主，其間一聯中以一種顏色相對者，如「紅蘭受露消晨渴，綠蕙翻風折夜醒。」以紅為綠。「舴艋凌波朱火度，舳艫拂漢紫煙微」，以朱對紫；有一聯中以兩種顏色相對者，如「青煙碧瓦開新第，白草黃雲廢舊壇」，以青、碧對白、黃。「紫梨半熟連紅樹，碧蘚初圓亂縹牆」，以紫、紅對碧、縹，這些顏色字，在句中具有修飾的作用，除了符合對偶的基本條件不僅相反，詞性相同的要求外，更能造成鮮明色彩的視覺效果。

二、專有名詞「人名對」

潘妃寶釧光如畫，江令花牋落似飛。（錢惟演，〈南朝〉）

衣裁練布如王導，扇執蒲葵學謝公。（陳越，〈休沐端居有懷希聖少卿學士〉）

病餘公幹情多詠，秋晚安仁鬢足霜。（刁衎，〈代意二首〉）

八斗陳思饒賦詠，二毛潘岳易悲涼。（李宗諤，〈館中新蟬〉）

別館橫陳張淨婉，期門長揖霍嫖姚。（劉筠，〈公子〉）

王儉風流希謝傅，子雲詞賦敵相如。（李維，〈休沐端居有懷希聖少卿學士〉）

阮籍臥帷疎鑒月，馬融橫笛遠含風。（劉筠，〈小園秋夕〉）

沈約愁多徒自瘦，相如意密有誰傳。（楊億，〈無題二首〉）

楚國大言登宋玉，漢家答詔用相如。（錢惟演，〈懷舊居〉）

上述所舉各例，只是隨手俯拾七律的頷頸二聯中關於人名的對偶，從中不難發現這些人物大都來自漢魏六朝，其中潘岳、謝安、司馬相如等人出現的頻率最高，句中或將人名裁成二字成對，如「潘妃寶釧光如畫，江令花牋落似飛」以潘妃對江令，「衣裁練布如王導，扇執蒲葵學謝公」，以王導對謝公，「病餘公幹情多詠，秋晚安仁鬢足霜」以

公幹對安仁，或將人名裁成三個字成對者，如「別館橫陳張淨婉，期門長克霍嫖姚」，以張淨婉對霍嫖姚。至於一聯中使用兩個人名相對者如：「王儉風流布謝傅，子雲詞賦敵相如」以王儉、謝傅與子雲、相如相對，這些人物在句中被使用，除了符合對偶的要求「平仄相反，詞性相同」外，每個人物在詩中都是一個典故，這種用典與裁對結合，如果不是才高博學，是難於其中討好的，而這也很能見出西崑作家剪裁功夫及力求對偶的用心。

三、方位對

易變肯隨南地橘，忘憂虛對北堂萱。（楊億，〈代意二首〉）
立侯東溟邀鶴駕，窮兵西極待龍媒。（錢惟演，〈漢武〉）
平樂館中觀角觝，單于臺上懾天驕。（李宗諤，〈漢武〉）
囊沙澤畔知兵法，聚米山前識陣形。（劉騭，〈舊將〉）
金朔窗中窺阿母，小姑堂上憶蘭芝。（錢惟演，〈七夕〉）

上述所舉各例，或以南對北，東對西，中對上，畔對前，皆以方位對方位，由於方位字與顏色字一樣，都是屬於比較特殊的字彙，不能與其他種類的字彙相對，因此方位字相對，也可見出對偶是否工穩的成績。

此外，《西崑酬唱集》中也有不少數目對的例子，如「漢庭已奏三千牘，周室仍繙十二經。」（劉筠〈懷舊居〉），「操心四十知無惑，削牘三千恥自媒。」（楊億〈與客啓明〉），「不思夜魄過三五，祇聞春醪賞十千。」（劉筠〈洞戶〉），這是一聯中以兩個數目相對的例子，這也可以見出西崑作家求對的用心。

上述例舉顏色對，人名對，方位對，數目對等來作說明，這只是對偶運用的一般情況，還不足見出《西崑酬唱集》對偶運用的特點，下面則以整首詩為例來加以說明，以見出西崑作家巧於求對的特色。

例如：錢惟演的〈寄靈仙觀舒職方學士〉：

方瞳玄鬢粉闈郎，絳闕齋心奉紫皇。
徵士高懷雲在嶺，騷人秋思水周堂。
閒園露草開三徑，靈宇華燈燭九光。

　　　　知有美田堪種玉，幾時春渚逐歸艎。

這首詩嚴守七律的基本格律，平起式首句入韻，七律首聯原可不必對仗，也可以不入韻，但這首詩中，作者顯然特別在對偶上用心，因此在第一聯可以不必對使的情況下，隱隱約約的暗下對偶的功夫，即在這首詩惟一沒有對偶的「方瞳玄鬢粉闈郎，絳闕齋心奉紫皇」的首聯中，暗中以「玄鬢」對「絳闕」，以「粉闈」對「紫皇」，從表面上看來，這首詩似乎首聯沒有對偶，但實際上卻已用對偶了，這個例子，除了可以見出西崑作家使對的用心外，還可以見出西崑作家講求修辭技巧的用心。

　　相同的例子又見於楊億的〈寄靈仙觀職方學士〉：

　　　　綠髮郎潛不記年，卻尋丹竈味露篇。
　　　　華陰學霧還成市，彭澤橫琴豈要絃。
　　　　曉案祇應食沆瀣，夜灘誰見弄潺湲。
　　　　須知吏隱金門客，待乞刀圭作地仙。

這首詩嚴守七律的基本格律，仄起式首句入韻，第一聯似乎沒有用對，實際上卻已用對了，即以「綠髮」之綠，暗對「丹竈」之丹。

　　上述這種巧於求對的用心，很容易造成贍麗的效果，這點早已在魏晉那種崇尚麗辭，「麗句與深采並流，偶意共逸韻俱發」〔註14〕的駢偶文學證知，西崑作家標榜「雕章麗句，膾炙人口」〔註15〕，自然也很講究對偶的運用，加上《西崑酬唱集》中多律詩、排律、律詩、排詩除首尾二聯不用對偶外，中間各聯經常是用對偶的，觀乎《西崑酬唱集》中各詩，律體中間二聯無不用對，排律則開始即對，一路到底，多至二三十韻者，「受詔修書述懷感事三十韻」，可謂無懈可擊，再加上他們好用極具聲色的字，因此形成西崑詩組織工緻的特色。

第三節　典故的精切運用

　　歷來對詩中是否使用典故，持有反對與贊成兩種意，反對者如六

〔註14〕同註8，頁661，里仁。
〔註15〕參見《西崑酬唱集》〈楊億序〉，《四部叢刊》本。

朝時蕭子顯在《南齊書・卷五十二・文學傳》裏即不滿意詩歌全借古語，用申今情的方式〔註16〕，鍾嶸《詩品》中也反對以補假、經史、故實用到詩歌中〔註17〕，宋嚴羽《滄浪詩話》也說：「詩有別材，非關書也，詩有別趣，非關理也。」〔註18〕這些例子都是前人反對用典者，近人則有胡適先生倡導八不主義，其中第六項就揭示不用典的主張〔註19〕，這是近人反對用典的代表。另外贊成用典者，前人有胡應麟《詩藪》，沈德潛的《說詩晬語》，趙翼的《甌北詩話》，近人則有徐復觀先生，茲以徐復觀先生意見為代表作說明，徐復觀先生說：

> 因為一個典故的自身，即是一個小小的完整世界，詩詞中的典故，乃是在少數幾個字的後面，應藏了一個小小世界，詩象徵作用之大，製造氣氛之容易與豐富，是不難想見的〔註20〕。

可見典故的運用，可以避免直接的表現，造成暗示，象徵的效果。

在中國文學傳統中典故的運用，已有相當長的歷史了，六朝文學在這方面表現了相當的造詣，唐人杜甫，李商隱等都以善於用典著名；用典在傳統文學中有其存在的必要，探究其原因有二，一因過去的政治中皇權至高無上，社會禮教束縛力量大，使得詩人無法完全直述思想感情，只好用相關的典故來影射時事，象徵人事。二因藝術上的需要，詩如精金美玉，要求以最少的文字，傳達最豐富的意義與情感思想，因典故可以使語言產生多義性與含蓄性，引起讀者對內容作更多的尋味。

當然，理想的用典方式，應如袁枚於《隨園詩話》中所言的「如

〔註16〕 參見《南齊書》卷五二，〈文學傳論〉，鼎文。
〔註17〕 鍾嶸〈詩品序〉說：「至乎吟詠情性，亦何貴於用事，思君心流水，既是即目，高臺多悲風，亦惟所見，清晨登隴首，羌無故實，明月照積雪，詎出經史，觀古今勝語，多非補假，皆由直尋」，收入《歷代詩話》，頁8，藝文。
〔註18〕 參見嚴羽《滄浪詩話・詩辯》，收入《歷代詩話》，頁443，藝文。
〔註19〕 參見胡適之先生〈文學改革芻議〉，收入《文學小叢書》，頁1，黃兆顯等人編，力行文化事業公司印行。
〔註20〕 參見徐復觀先生《中國文學論集》，頁128，學生。

水中著鹽，但知鹽味，不知鹽貴」〔註21〕，換言之，就是要用得自然靈活，以不落斧鑿之痕爲貴。

　　西崑詩人是專門以用典來作詩的作家，《西崑酬唱集》中幾乎無一篇不用典，因此用典乃成爲西崑體的一大特色，不過由於西崑作家的多用典，不免被人引爲訴病，如魏泰《臨漢隱居詩話》說：「楊億、劉筠作詩務積故實，而言意輕淺，一時慕之，號西崑體，識者病之。」〔註22〕，甚至有人譏爲衲被者；但也有人對他們用典表示推崇的，如歐陽修《六一詩話》說：「楊大年與錢劉數公唱和……而先生老輩患其多用故事，至於語僻難曉，殊不知自是學者之弊……蓋其雄文博學，筆力有餘，或無施不可」〔註23〕，平心而論，西崑作家多用故實是一種事實，不過，除了少數作品因蘊釀不足形成擘積之病外，大多數的作品都能融裁變化，運用精妙。下面便來考察西崑作用典的情形。

　　一般而言，用典可分用事與用成辭兩種，首先看用事之例：

光照竹宮勞夜拜，露溥金掌費朝餐。（楊億，〈漢武〉）
從來腐鼠何曾顧，不似鵷雛枉見疑。（錢惟演，〈鶴〉）
勞薄可甘先藺舌，功高還許戴劉冠。（劉筠，〈舊將〉）
囊沙澤畔知兵法，聚米山前識陣形。（劉騭，〈舊將〉）
枉是金雞近便坐，更抛珠被掩方床。（錢惟演，〈明皇〉）
祗待傾城終未笑，不曾亡國自無言。（楊億，〈無題三首〉）
江南滿目新亭宴，旗鼓傷心故國春。（錢惟演，〈淚二首〉）
虞歌訣別知亡楚，燕酒初酣待報秦。（劉筠，〈淚二首〉）
華陰學霧還成市，彭澤橫琴豈要絃。（楊億，〈寄靈仙觀舒職方士〉）
阮籍臥帷疎鑒月，馬融橫笛遠含風。（劉筠，〈小園秋夕〉）
別館橫陳張淨婉，期門長揖霍嫖姚。（劉筠，〈公子〉）
病餘公幹情多詠，秋晚安仁鬢足霜。（刁衎，〈代意二首〉）
漫傳西漢祠神馬，已見南陽起臥龍。（楊億，〈成都〉）

〔註21〕參見《箋註隨園詩話》卷七，頁303，鼎文。
〔註22〕參見魏泰《臨漢隱居詩》話，收入《歷代詩話》，頁191，藝文。
〔註23〕參見歐陽修《六一詩話》，收入《歷代詩話》，頁160，藝文。

紫雲度曲傳浮世，白石標年鑿半峰。(楊億,〈明皇〉)

虛名同鄭璞，散質類莊樗。(楊億,〈受詔修書述懷感事三十韻〉)

吳宮何薄命，楚夢不終期。(劉筠,〈槿花〉)

乞巧長生殿，迎風太液池。(錢惟演,〈宣曲二十二韻〉)

武子窗塵積，隋家苑樹深。(楊億,〈螢〉)

上述用典詩句，爲用事之例，如「光照竹宮勞夜拜，露溥金掌費朝餐」，用漢武帝竹宮望拜神仙與金掌承露飲用以求長生之事，「從來腐鼠何曾顧，不似鴟雛枉見疑。」用莊子〈秋水篇〉鵷得腐鼠，恐鴟雛奪去之事，「勞薄可甘先蘭舌，功高還許戴劉冠。」用廉頗責藺相如功出己上事與漢高祖製竹皮冠至貴常冠事，「囊沙澤畔知兵法，聚米山前識陣形。」用韓信濰水敗敵事與馬援爲帝陳述破敵事，這些典故，蒐取各類典籍資料，加以融裁成句，同時靠某些特點的字眼加以固定，如「勞」、「費」、「從來」、「不似」、「可甘」、「還許」等等，來承接貫串文意，達到「據事以類義，援古以證今」〔註24〕與事爲我用的效果。

至於使用成辭的例子如：

風獵幽蘭羽扇輕。(楊億,〈休沐端居有懷希聖少卿學士〉)

盡日流風轉蕙遲。(錢惟演,〈休沐端居有懷希聖少卿學士〉)

雲雨陽臺役夢思。(李宗諤,〈代意二首〉)

旗鼓傷心故國春。(錢惟演,〈淚二首〉)

七駕未成章。(楊億,〈槿花〉)

光風微轉蕙，靈井正開桃。(楊億,〈別墅〉)

挾瑟莫愁堂。(錢惟演,〈別墅〉)

洛浦多遺翠。(劉筠,〈無題三首〉)

上述所舉的例子，爲點化前人成辭而成，如「風獵幽蘭羽扇輕」是化自李商隱詩「風聲偏獵紫蘭叢」而來，「盡日流風轉蕙遲」是化自《楚辭·招魂》：「光風轉蕙，泛崇蘭些」而來，「七駕未成章」是化自《詩·小雅·大東》：「跂彼織女，終日七襄，雖則七襄，不成報章」而來」，「旗鼓傷心故國春」是化自丘遲〈與陳伯之書〉：「見故國之旗鼓，感

〔註24〕 參見《文心雕龍注釋》,〈事類〉 第三十八，頁 705，里仁。

平生於疇日，撫弦登陴，豈不愴恨。」而來，這些例子，是比較可以查覺其用典，另外集中也有一些例子，即使不懂典故的內容，但仍可從字面上捕捉其意義所在，如劉筠〈淚〉詩「含酸茹歎幾傷神」，雖然不知這句有本於《江淹・恨賦》「此人但聞悲風汩起，血下霑衿，亦復含酸茹歎，銷落煙沈」，但從字面上便可知這句在寫極度的哀傷，又如楊億「〈梨〉詩」：「九秋青女霜添味，五夜方諸月溜津」，雖然不知這兩句有本於《淮南子・天文訓》的「秋三月，青女乃出，以降霜雪」與「方諸見月，則津而為水」；但從字面上卻可捕捉到詩中那種清爽欲滴的感覺。由此可見，即使用典，但靠著上下文的關係，也可以達到某種程度的體會與欣賞，因為典故的本身，在詩中即帶著描敘解說的功能；透過用典西崑作家將過去的文學作品與他們自己的作品熔在一起，擴大讀者的感受和增加詩的複雜性，以達到強化詩的效果。

　　以上只是摘句說明西崑作家用典的情形，下面則就整首詩來考察西崑作家用典的情形，以見出其用典的效果與技巧。

　　例如〈明皇〉詩：

　　　　歲歲南山見壽星，百蠻迴首奉威靈。
　　　　梨園法部兼胡部，玉輦長亭復短亭。
　　　　河鼓暗期隨日轉，馬嵬恨血染塵腥。
　　　　西歸重按淩波舞，故老相看但涕零。

這首詩為劉筠的作品，詩通首用典，詩中掌握了明皇的各種史料，加以融裁點化而成，首二句所用的典故較不明確，但可從字面上瞭解其意義，即以「歲歲」疊字來強調明皇的渴望長生，次句說明皇聲威遠播，使得百蠻都來朝服，整個開元盛事，從這兩句便可見出，三句用明皇設置梨園弟子事，將明皇生活中最歡樂的一面，毫不費力的寫了出來，四句化「十里一長亭，五里一短亭」這句成辭而成，句中以一個「復」字來承接、貫串文義，與第三句形成強烈的對比，明皇顛沛流離的過程很明顯地被襯托出來，這兩句的用典，用得相當靈妙，技巧顯得很高明，成為整首詩詩意轉接的關鍵所在。

五六兩句承三四句而來，用明皇與貴妃密誓事，與馬嵬縊妃事寫明皇不能庇護貴妃，致使貴妃含恨於馬嵬坡下的悲哀，結尾二句，用伶女阿蠻重按凌波舞事，寫明皇對貴妃的綿綿的思念；即使讀者不知這一典故的內容，仍然可以通過表面的文義，來感受詩中所要傳達的那種哀傷氣氛。

整首詩即透過幾個特定的典故，極具形象化地將明皇那種荒唐沈湎的歡樂與顛沛流離的哀傷完全表現出來，這是用典精切所得到的效果，《西崑酬唱集》大部分的作品都能達到用典精巧的效果。不過毋須諱言地，集中也有一些用典太過僻澀的例子，如楊億的「〈明皇〉詩」「渭橋遺老識眞龍」句中渭橋遺老，典故較冷僻以致難以索解。這是用典太僻所產生的反效果了。

第四節　設色的富麗效果

詩中色彩的運用，往往會影響全詩意象的表現，因而產生各種不同的視覺效果與聯想，因此詩人作詩時往往也不忽略詩中色彩的經營與運用。

中國詩詞之中，由於用色的差異，常有不同的風格呈現，如陶淵明詩素樸清新，詩中僅用白、綠、青、紫色以及一些簡單樸素的形容詞寫他的田園詩〔註25〕，謝靈運則配合許多不同的色彩來寫他的山水詩〔註26〕，又如李賀喜用紅、綠、然後在這些濃色的上面，另加一個修飾詞，如冷紅、老紅、空綠之類，造成李賀詩特有的衰颯風格〔註27〕近人鄭騫先生在〈小山詞的紅與綠〉一文中曾用「露紅煙綠」象徵晏小山詞〔註28〕，在〈從後山詩中的黑黃白說起〉一

〔註25〕參見王貴苓撰《陶淵明及其詩的研究》，頁97，台大48年碩士論文。
〔註26〕參見林文月著《謝靈運及其詩》，頁58，台大文史叢刊。
〔註27〕參見方瑜撰《李賀詩的意象與造境》，頁25，牧童。
〔註28〕參見鄭騫先生撰〈小山詞中的紅與綠〉，收入《景午叢編上編》中，臺灣中華書局。

文又以「青、黃、白」象徵後山詩的風格〔註29〕,足見詩中顏色的
運用,往往可以產生獨有的風格。

　　西崑詩素以色澤濃麗見稱,在用色上也有其獨特到之處,茲將《西
崑酬唱集》中詩歌顏色的使用列舉如下:

一、金屬、玉器顏色的運用

(一)金　色

例如:

　　金芝燁煜凌晨見。(錢惟演,〈漢武〉)

　　貴伴金貂尊漢相。(楊億,〈館中新蟬〉)

　　永圩鋪金汗血驕。(劉筠,〈公子〉)

　　平昔金鋪空廢苑。(李宗諤,〈南朝〉)

　　青蔥玉樹連金爵。(錢惟演,〈館中新蟬〉)

　　金釭壁月相輝映。(劉筠,〈直夜〉)

(二))銀　色

例如:

　　銀屏欲去連珠迸。(錢惟演,〈淚二首〉)

　　銀闕琳房視草餘。(李維,〈休沐端居有懷希聖少卿學士〉)

　　玉甃銀床蔭碧桐。(陳越,〈同上〉)

　　銀鑷添舊恨。(楊億,〈宣曲二十二韻〉)

　　投轄在銀床。(劉筠,〈夜讌〉)

(三))銅　色

例如:

　　銅盤蕙草起青煙。(楊億,〈無題〉)

〔註29〕參見鄭騫先生撰〈從後山詩中的黑黃白說起〉,收入《中外文學》第
　　　　三卷,第五期。

銅盤瓊蕊三危露。（楊億，〈赤日〉）

玉户銅爲沓。（劉筠，〈宣曲二十二韻〉）

（四〉）玉器的運用

例如：

滌煩誰思玉壺冰。（錢惟演，〈夜意〉）

玉枕金莖得最多。（錢惟演，〈戊申年七夕五絕〉）

玉女壺傾笑電頻。（楊億，〈戊申年七夕五絕〉）

何年玉羽別崑丘。（任隨，〈鶴〉）

玉膏嘗密溢。（錢惟演，〈宣曲二十二韻〉）

玉杯承露重。（楊億，〈荷花〉）

天人誰肯降瓊輧。（楊億，〈再次首唱題和〉）

于今瓊樹有遺音。（李宗諤，〈南朝〉）

上述所舉諸例，是以金屬，或玉器色澤爲取向的例子，這些金屬，或玉器本身都帶有顏色的效果，它們配合了事物使用，使得所描寫的事物變得極具瑰寶，並產生色澤的美感，如金字帶有黃色的美，銀字帶有白色的美，銅字或青、或黃、或褐、玉字則予人豐潤溫和的感覺，常帶有白色的美。

　　筆者曾統計《西崑酬唱集》中金屬，玉器字使用的次數，其中以金定出現的頻率最多，達五十餘次，玉字，銀字也不少，都達到三十餘次，銅字運用得最少僅三四次而已，這與金、銀美玉比銅更受人歡迎或有關係？這種精金美玉在集中高頻率的出現，形成西崑詩金玉滿目，美不勝收的特點之一。

二、直接運用顏色字者

（一）一句中使用一種顏色者

例如：

青骨香銷亦見尋。(錢惟演,〈荷花〉)

碧樹陰濃釦砌平。(劉筠,〈鶴〉)

經梅綠草緣階上。(錢惟演,〈休沐端居有懷希聖少卿學士〉)

密房初滿石榴紅。(錢惟演,〈初秋屬疾〉)

共憐潔白本天姿。(張詠,〈鶴〉)

聽話吾廬憶翠微。(楊億,〈因人話建溪舊居〉)

紅蘭受露消晨渴。(錢惟演,〈再次首唱題和〉)

舴艋凌波朱火度。(錢惟演,〈南朝〉)

(二〉)一句中使用兩種顏色者
例如:

絳闕齋心奉紫皇。(錢惟演,〈寄靈仙觀舒職方學士〉)

悵望青城碧草齊。(楊億,〈鶴〉)

紫花青蒂壓枝繁。(錢惟演,〈梨〉)

三月青煙照翠岑。(楊億,〈始皇〉)

玄光仙樹阻丹梯。(劉筠,〈梨〉)

紅蕖爛熳碧池香。(劉秉,〈戊申年七夕五絕〉)

(三〉)在一聯中出現兩種,甚至多至三、四種顏色者
例如:

紅蘭受露消晨渴,綠蕙翻風折夜醒。(錢惟演,〈再次首唱題和〉)

綠髮郎潛不記年,卻尋丹竈味靈篇。(楊億,〈寄靈仙觀舒職方
學士〉)

黃山遠隔奔宵騎,紫塞孤飛避弋鴻。(劉筠,〈送客不及〉)

嫩殼半遺紅藥地,細聲偏傍綠楊樓。(錢惟演,〈館中新蟬〉)

紫桂風微急,紅蘭露偏浮。(劉筠,〈螢〉)

朱華接蘭坂,綠荇溢魚防。(錢惟演,〈秋夕池上〉)

　　　　塞迥橫煙紫，江清照葉丹。(劉筠，〈夕陽〉)

　　　　悵望青城碧草齊，帝鄉歸路阻舟梯。(楊億，〈鶴〉)

　　　　青煙碧瓦開新第，白草黃雲廢舊壇。(劉筠，〈舊將〉)

　　　　紫梨半熟連紅樹，碧蘚初圓亂縹牆。(錢惟演，〈小園秋夕〉)

上述為西崑作家用色的各種方法。

　　筆者曾歸納《西崑酬唱集》中使用的顏色字，其中以綠色（包括同色調的碧色），紅色（包括同色調的朱、赤、丹、絳、彤等色）為最多，其次為青色、紫白、與白色，再其次為黃色、玄色。這些顏色，主要是單獨使用，例如「塞迥橫煙紫，江清照葉丹」，以「紫」形容邊塞的荒涼遙遠，以「丹」形容江中樹葉在夕陽映照下的風光，這是用單一色彩來呈現畫面的例子，但偶而也有同時調配兩者顏色使用者，如劉筠的〈荷花〉詩「粉白朱紅翡翠翹」，調配粉白、朱紅的色彩來寫荷花，以「翡翠翹」來寫荷葉的青綠，混合諸種色彩將「荷花」寫的維妙維肖，生動逼真，可惜集中像這樣配合多種顏色來寫景物的例子並不多見。

　　綜合上述的歸納，不難發現《西崑酬唱集》中的顏色經營，主要是以彩色度高的顏色為主，這些高彩色度的顏色再搭配金屬玉器來使用，不但造成色澤濃麗的美感，而且還具有金玉滿目的富貴氣象。

第五節　用韻的節奏美感

　　《西崑酬唱集》詩歌多為近體，按照近體詩用韻規則，是以用平聲韻為主，同時除了律詩首句偶用鄰韻外，通首必須一韻到底，不得通韻、或轉韻，更不可落韻，因此作詩之前，必先審韻，一般來說，詩韻依韻字的多寡大致可劃分為寬韻、窄韻、與險韻三種，以平聲韻為例，寬韻字有東、冬、支、魚、虞、灰、真、元、寒、先、蕭、豪、歌、麻、陽、庚、尤等；窄韻字有微、六、文、刪、青、蒸、覃、鹽等；險韻字有江、佳、肴、咸等〔註30〕，這種分類方式，雖然不能稱

────────────

〔註30〕參見簡明勇《律詩研究》第三篇，第四章選韻，頁99～100，嘉新水

得上嚴謹，但還真有某種程度的可信。基於這樣的認識，茲將《西崑酬唱集》詩歌用韻的情形，例表考述於下：

上平	數目	下平	數目
一東韻	14	一先韻	10
二冬韻	2	二蕭韻	9
三江韻		三肴韻	
四支韻	21	四豪韻	4
五微韻	13	五歌韻	9
六魚韻	6	六麻韻	6
七虞韻	6	七陽韻	38
八齊韻	6	八庚韻	10
九佳韻		九青韻	8
十灰韻	8	十蒸韻	3
十一眞韻	16	十一尤韻	25
十二文韻	1	十二侵韻	15
十三元韻	9	十三覃韻	
十四寒韻	7	十四鹽韻	1
十五刪韻	3	十五咸韻	

由述的統計表看來，《西崑酬唱集》的詩歌全部用平聲韻，符合近體詩用平韻的規則，其中用韻的分佈，以寬韻最多，即包括陽韻三十八首，尤韻二十五首，支韻二十一首，眞韻十六首，侵韻十五首，東韻十四首，庚韻十首，先韻十首，元韻九首，歌九首，蕭韻九首，灰韻八首，寒韻七首，魚韻六首，虞韻六首，麻韻六首，豪韻四首及冬韻二首，共計二百一十五首。用窄韻者包括微韻十三首，青韻八首，齊韻六首，蒸韻三首，刪韻三首，文韻一首，鹽韻一首，共計三十五首，集中看不到用險韻的例子。

這種現象足以說明西崑作家在選韻上是謹慎的，即使在同一詩題

泥文化基金會叢會。

中，西崑作家可以隨自己的喜好而選用不同的詩韻，但他們並不是在險韻上競逞才華的。

一般論來，詩的用韻往往與詩中的情感表現有密不可分的關係，如周濟在《宋四家詞選‧目錄序》說：

> 東真韻寬平，支先韻細膩，魚歌韻纏綿，蕭尤韻感慨，各有聲響，莫草草亂用〔註31〕。

傅庚生於《中國文學欣賞舉隅》一書中也說：

> 收音於「烏」「庵」、即「魚、虞、元、寒、刪、先」諸韻之字，皆極沈重哀痛之音。〔註32〕

又蕭滌非在〈杜詩的韻律和體裁〉一文中以為平聲韻東、冬、江、陽等，較適合表達歡樂開朗的情緒，尤幽侵覃等較適合於表達憂愁的情緒，並舉杜甫的春望與聞官軍收河南河北兩詩來對照，前者押侵韻，後者押陽韻，前者淪陷於長安，後者收復了失土，音調與情調完全配合一致〔註33〕，可見不同的韻，各有不同的情感表現。

考察《西崑酬唱集》中詩歌的用韻，往往也能配合他們在詩中所要表達的情感，例如〈直夜〉詩：

> 繚垣嶢闕慶雲深，畫燭熏爐對擁衾，三殿夜籤傳漏箭，九秋霜籟入風琴，階前槁葉驚寒雨，天際孤鴻答迴砧，欹枕便成魚鳥夢，豈知名路有機心。

這首詩是楊億在館閣修書時直夜的作品，寫作時間約在景德，祥符之際，當時楊億雖身居館閣，但因時時擔心王欽若等人的讒言毀傷，因此詩中不時流露憂愁之心，這首詩用的韻便是適於表達憂愁情緒的侵韻。

又例如〈樞密王左丞宅新菊〉：

> 中樞多暇日，小圃占秋光。雕玉新成檻，縈金乍泛觴。陶籬侵柳色，羅宅掩蘭芳。芝影連虛室，萱叢接後堂。傅巖猶借雨，豐嶺未飛霜。溫樹偏分蔭，芸籤亦鬥香。交枝迷

〔註31〕《詞譯叢編》，頁1633，廣文。
〔註32〕參見傅庚生《中國文學欣賞舉隅》，頁208，，地平線出版社。
〔註33〕轉引自黃永武《中國詩學‧設計篇》，頁157，源流。

露井，墜葉點橫塘。桐錄知延壽，千齡奉紫皇。

這首詩爲楊億作品，〈詠王左丞宅新菊〉，王左丞大概是後來眞宗的宰相王旦，詩中雖是詠新菊，但卻類似祝壽之詞，情感是屬於爽朗的，而這首詩所用的韻正是表現歡樂爽朗的陽韻。

由此可見，《西崑酬唱集》詩歌用韻雖然以寬韻爲主，但是在寬韻中仍能選用合乎表現自己情感的韻腳。

此外，值得指出的是，《西崑酬唱集》中有幾首詩有「襯韻」的現象，所謂「襯韻」又稱爲「借韻」亦即首句雖入韻，卻不同韻，例如〈館中新蟬〉詩：

搖落何須宋玉悲，齊庭遺恨莫沾衣。
池中菡萏香全滅，井上梧桐葉乍飛。
風促箏聲隨斷續，日移甎影白光輝。
宜秋門外饒芳樹，結駟那堪送客歸。

這首詩首句韻腳「悲」屬於四「支」韻，與第二句、第四句、第六句、第八句的韻腳「衣」「飛」「輝」「歸」屬於五「微」韻不同韻，這是以四「支」韻襯五「微」韻。

同樣的例子又如錢惟演的〈夜讌〉：

清讌夜何其，南亭露欲晞。
蹁躚霞袖舞，激灩羽觴飛。
鏤菱搖花落，金瑲照月輝。
瑤光未西落，休賦醉言歸。

首句的韻腳「其」爲四「支」韻，第二句的韻腳爲五「微」韻，這也是以四「支」襯五「微」之例。

再例如〈成都〉詩

五丁力盡蜀山通，千古成都綠尋壟。
白帝倉空蛙在井，青天路險劍爲峰。
漫傳西漢祠神馬，已見南朝起臥龍。
張載勒銘堪作戒，莫矜函谷一斤封。

首句的「通」屬於「東」韻，第二句的「壟」屬於「冬」韻，這

是以「東」襯「冬」之例。

這種襯韻的運用，只限定在鄰韻上，而且必須用在首句上，王力在《中國詩律研究》一書中指出說：

原來詩的首句本可不用韻，其首句入韻是多餘的，……詩人們往往從這多餘的韻腳上討取多少的自由，所以有偶然借用鄰韻的辦法，盛唐以前，此例甚少，中晚唐漸多，誰知這樣一來，竟成了一風氣，宋人的首句用鄰韻似乎是有意的，幾乎是一種時髦〔註34〕。

事實上，這種襯韻的運用，除了可以突破律詩嚴格的用韻限制以求得更多的韻字使外，同時也可以產生聲韻節奏的美感。

〔註34〕參見王力《中國詩律研究》，頁53，文津。

第六章　餘　論

　　整部《西崑酬唱集》的考察工作，已如前述，下面則再針對幾個圍繞於西崑體評價的問題，提出討論，特別是後人對西崑體評價的誤解，提出澄清，以作爲評定西崑體在中國詩歌史上應有的地位。

第一節　幾個評價問題的商榷

　　一般學者對於西崑楊劉諸作家詩學李商隱，以爲西崑詩人學到的只是李商隱的麗辭，於是認定西崑詩爲僅具形式而絕無思想內容的虛浮作品 (註1)，因而往往給予李商隱詩甚高的評價，對於承襲與發揮李商隱詩的西崑作家橫加貶抑，這種偏失，筆者在本文的第四章論《西崑酬唱集》的內容時已稍涉及，但未加以深論，在這裏則希望來更進一步的澄清。

　　事實上西崑楊劉諸作家所以詩學李商隱，看重的並不只是李商隱的麗辭，最重要的是西崑作家看準了李商隱詩的「包蘊密緻」與「清峭感愴」才來學李商隱的。這點從葛立方的《韻語陽秋》及尤袤的《全唐詩話》記載便可獲得證明。

　　《韻語陽秋》說：

〔註 1〕劉大杰於《中國文學發展史》一書中即持此種意見，參見頁652，華正。

> 楊文公在至中得義山詩以謂：包蘊密緻，演繹平暢，味無
> 窮而炙愈出，鑽彌堅而酌不竭，使學者少窺其斑，若滌腸
> 而洗骨，是知文公之詩，有得於義出者爲多矣。〔註2〕

原來李商隱詩自晚唐以後，便沒有受到多少重視，以致詩篇散佚不
全，到了楊億出來，才重加蒐集整理，李商隱詩集能夠流傳後世，楊
億實有蒐輯之功，而楊億本人正是研究李商隱詩的專家，從楊億評李
商隱詩的話看來，楊億所欣賞於李商隱的在於「包蘊密緻，演繹平暢，
味無窮而炙愈出，鑽彌堅而酌不竭」上面。

另《全唐詩話》也說：

> 楊大年云：「義山詩，陳恕酷愛其一絕云：珠箔輕明覆玉墀，
> 披香新殿鬥腰肢，不須看盡魚龍戲，終遣君王恕偃師，嘆
> 曰：古人措詞寓意，如此深妙，令人感慨不已」，大年又曰：
> 「鄧師錢若水舉賈誼兩句云：可憐夜半虛前席，不問蒼生
> 問鬼神」，錢云：「措意如此，後人何以企及，鹿門先生唐
> 彥謙爲詩纂慕玉溪，得其清峭感愴，蓋其一體也，然警絕
> 之句，亦多有」〔註3〕。

由此可見「措詞寓意深妙」與「清峭感愴」才是楊億羨慕於李商隱的
地方，所謂「措詞寓意深妙」，「清峭感愴」實與「包蘊密緻，演繹平
暢」的意趣相通，都不著重在麗詞之上，而這正是西崑作家要學李商
隱詩之處，也是整部《西崑酬唱集》所要表現的精神所在，可惜後來
的人往往沒有掌握到西崑作家所表現的這份精神，因此對西崑體的評
價不免發生偏頗。

其次，前人論西崑詩時，往往又以爲歐陽修是反對西崑詩的人，
然而，實際上，歐陽修並未反對西崑詩，相反地，歐陽修本人曾出入
於西崑詩，他受西崑詩的啓示與影響是可以想見的。《六一詩話》說：

> 楊大年與錢劉數公唱和，自西崑集出，時人爭效之，詩體
> 一變而先生老輩患其多用故事，至於語僻難曉，殊不知自

〔註2〕參見葛立方《韻語陽秋》卷二，收入《歷代詩話》，頁303，藝文。
〔註3〕參見尤袤《全唐詩話》卷四，收入《歷代詩話》，頁102，藝文。

是學者之弊，如子儀新蟬云：風來玉宇鳥先轉，露下金莖
鶴未知，雖用故事，何害爲佳句，又如峭帆橫渡官橋柳，
疊鼓驚飛海岸鷗，其不用故事，又豈不佳乎？蓋其雄文博
學，筆力有餘，故無施而不可，非如前世號詩人者，區區
於風雲山本之類，爲許洞所困〔註4〕。

又據劉克莊《後村詩話》說：

君謨以詩寄歐公，公答曰：先朝楊劉風采，聳動天下，至
今使人傾想，世謂公尤惡楊劉之作，而其言如此，豈公特
惡其碑版奏疏，磔裂古文爲偶儷者，其詩精工律切者，自
不可廢歟〔註5〕。

歐陽修能夠如此欣賞西崑詩，這是歐陽修眼光高於一般人之處，他掌
握到西崑詩的特點有三，第一他知道楊劉西崑體出於變革當時文體，
第二他不以西崑詩多用故事爲病，第三他看出楊劉諸人雄文博學，筆
力有餘，這三點，足以見出歐陽修是深知西崑體的人，至於劉克莊以
爲歐陽修不廢西崑詩之處，在於西崑詩的「精工律切」則劉克莊所見
到的西崑詩只是形貌，似乎未曾掌握到楊劉西崑作家所要表現的那份
精神。這猶如一般學者見到西崑詩多麗詞，便言西崑詩的特點在麗辭
是一樣的，都只是外在的形掌握而已。

　　接著的問題是「以崑體工夫能否達到老杜之境」的商榷？宋代初
年，杜詩並未受到重視，楊億曾目杜詩爲村夫子，歐陽修亦不甚喜杜
詩〔註6〕，杜詩的流行是在王安石標榜以後的事了，這種現象也反映
了宋代詩人的趣味傾向。楊億所取者爲李商隱詩，然而李商隱詩的精
彩處，往往能深逼老杜之境，所以《蔡寬夫詩話》說：

王荊公晚年亦喜稱李義山詩，以爲唐人學老杜而得其藩
籬，惟義山一人而已，每誦其：「雪嶺未歸天外使，松州猶
駐殿前軍」。「永憶江湖歸白髮，欲回天地入扁舟」與「池

〔註4〕 參見歐陽修《六一詩話》，收入《歷代詩話》，頁160，藝文。
〔註5〕 參見劉克莊《後村詩話》卷二，頁148之315《文淵閣四庫全書》
　　　　本。
〔註6〕 參見劉放《中山詩話》，收入《歷代詩話》，頁171，藝文。

光不受月，暮氣欲沈山」，「江海三年客，乾坤百戰場」之
類，雖老杜亡以過也〔註7〕。

足見李商隱的有些詩，確實能與杜甫詩爭勝。而歷來的論者，便有崑
體工夫可以達老杜之境的說法，如朱弁《風月堂詩話》說：

> 李義山擬老杜詩云：「歲月行如此，江湖坐渺然」，直是老
> 杜語也，其他句「蒼梧應露下，白閣自雲深」「天意憐芳草，
> 人間重晚晴」之類，置杜集中，亦無愧矣然未似老杜沈涵
> 汪洋，筆力有餘也，義山亦自覺，故別立門戶，成一家，
> 後人挹其餘波，號西崑體，句律太嚴，無自然乏態，黃魯
> 直深悟此理，乃獨用崑體工夫而造老杜渾成之地，今之詩
> 人少有及此者，禪家所謂更高一著也〔註8〕。

《風月堂詩話》於此指出「以崑體功夫，可以造老杜渾成之境」但是
金，王若虛《滹南詩話》則以爲崑體功夫絕不能達到老杜渾成之境。
《滹南詩話》說：

> 朱少章論江西詩律，以爲用崑體工夫，而造老杜渾全之地，
> 予謂用崑體功夫，必不能造老杜渾全，而至老杜之地者，
> 亦無事乎崑體功夫，蓋二者不能相兼耳〔註9〕。

要解決這個爭議，還是要從西崑詩的精神所在去掌握，筆者以爲，崑
體的功夫，如果單從麗詞，排偶或典故的經營上講求，自是難以達到
老杜這種渾成之境，但是如果再結合崑體所要表現的那種精神「措詞
寓意深妙」與「清峭感愴」這些特點入手，則崑體功夫確與老杜渾全
之境近似，因此朱少章（弁）的話，應該是就這方面來解釋的，至於
王若虛所見，大概是著眼於麗詞，俳偶，或用典等形式上，因而以爲
老杜之渾全與崑體功夫不相得兼。但是，實際上，如同筆者前面所強
調的，「措詞寓意深妙」與「清峭感愴」才是西崑作家所要表現的精

〔註 7〕參見《苕溪漁隱叢話前集》卷二二，引《蔡寬夫詩話》語，頁 146，
　　　　長安。
〔註 8〕參見朱弁《風月堂詩話》卷下，頁 1479 之 26《文淵閣四庫全書》本。
〔註 9〕參見王若虛《滹南詩話》卷三，收入《歷代詩話續編》，頁 524，木
　　　　鐸。

神所在。這些特點，正與老杜渾全之境相通，這也正是李商隱詩的高處，往往有凌逼老杜勝境之勢的可能解釋。

第二節　西崑詩人應有的地位

　　近人評西崑詩人的地位時，往往無法給予客觀公允的評價，因為他們忽略了西崑詩人學李商隱所要表現的真正精神，以致誤以為西崑詩人只承繼李商隱詩一些形式的東西，如劉大杰《中國文學發展史》所說的：

> 西崑體，所作詩文，一以李商隱為宗，取其豔麗、雕鏤、駢儷的形式技巧，而忽略其思想內容，成為臺閣體的典型〔註10〕。

因此認為西崑詩沒什麼價值，對後世的影響往往只是負面的影響，這個評價的偏失，常是其他一般文學史容易犯的缺失。

　　基本上，從唐末五代以來，詩風漸趨浮弱，詩格日益卑下，西崑楊劉諸人為了變革當時小巧衰颯詩風，故取李商隱為典範來加以矯正，而能使宋初詩風歡然一變，所以田況《儒林公議》說：

> 楊億在兩禁變革文章之體，劉筠、錢惟演輩皆從而效之，時號楊劉、三公以新詩更相屬和，極一時之麗……西崑體，雖頗傷於雕摘，然五代以來蕪穢之氣，由茲盡矣〔註11〕。

又元・方回的《瀛奎律髓》也說：

> 崑體詩一變，亦足以革當時風花雪月，小巧呻吟之病，非才高學博，未易到此。（卷三）

可見，西崑體雖有雕摘之弊，但五代以來浮弱詩風，則因此被一掃而空，西崑詩人在此確有開啓宋詩大道之功。

　　後來繼西崑體而出的詩家，如歐陽修，雖然他在文學史上有推動古文革新運動的功勞，但他卻能從西崑詩中吸收經驗，另如王安

〔註10〕 參見劉大杰《中國文學發展史》一書，頁 551，華正。
〔註11〕 參見《四庫提要》卷一八六引〈儒林公議語〉，藝文。

石，他雖然不甚喜歡西崑詩，但他並不廢西崑詩，仍然能從西崑詩獲得啟示。再如後來崛起的江西詩派，同樣是從西崑詩吸收經驗與長處，江西詩派創始人黃山谷喜歡講究取材用典的方，所以《風月堂詩話》說「黃魯直獨用崑體工夫，而造老杜渾成之地，禪宗所謂更高一著」〔註12〕，由此可見西崑詩雖只是由唐詩變為宋詩的過渡時期，但它對宋詩的產生，深具刺激與啟示的作用。

　　綜觀上面所述，西崑詩人在文學史上的地位是建立在上承李商隱詩，下開宋詩的坦途，並且有革除五代浮弱詩風之功上面的；如果沒有西崑詩人，李商隱詩不可能受到後人重視，正統的宋詩也不能立即產生，因此翁方綱《石洲詩話》說：「宋詩之西崑，猶唐初之齊梁，宋初之館閣，猶唐初之沈宋，開啟大路，正要如此」〔註13〕，姑不論他這種比附是否恰當，但他肯定了西崑體在宋初詩壇有開路之功，則是正確的，這種從正面意義上來肯定西崑體的地位，才是對西崑詩客觀而公允的評價。

〔註12〕同註8。
〔註13〕參見翁方綱《石洲詩話》卷三，收入《清詩話續編》，頁1401，木鐸。

重要參考書目

一、

1. 《西崑酬唱集》，楊億編，四部叢刊影印明嘉靖刊本。
2. 《西崑酬唱集》，楊億編，周楨、王圖煒合注，上海古籍出版社。
3. 《西崑酬唱集》，楊億編，文淵閣四庫全書本。
4. 《西崑酬唱集》，楊億編，浦城遺書本。
5. 《西崑酬唱集》，楊億編，粵雅堂叢書本。
6. 《西崑酬唱集箋注》，鄭再時箋注，齊魯書社本。
7. 《西崑酬唱集注》，楊億編，王仲犖注，漢京。

二、

1. 《四庫全書總目》，紀昀等，藝文。
2. 《郡齋讀書志》，晁公武，商務。
3. 《直齋書錄解題》，陳振孫，商務。
4. 《歷代人物年里碑傳綜表》，姜亮夫，商務。
5. 《宋人生卒考示例》，鄭騫，華世。

三、

1. 《唐才子傳校正》，辛文房・周本淳校正，文津。
2. 《宋史》，脫脫，鼎文。
3. 《續資治通鑑長編》，李燾，世界。
4. 《麟臺故事》，程俱，十萬卷樓叢書本。

5. 《東都事略》，王偁，文海。

6. 《宋朝事實類苑》，江少虞，源流。

7. 《中國文學發展史》，劉大杰，華世。

8. 《中國文學史》（插圖本），鄭振鐸，未詳。

9. 《中國文學通論》，兒島獻吉郎，孫俍工譯，商務。

10. 《中國文學流派》，葉如新，仲信。

11. 《中國文學批評史》，郭紹虞，明倫。

12. 《中國文學批評史》，羅根澤，學海。

四、

1. 《山海經》，郭璞注，四部叢刊本。

2. 《穆天子傳》，郭璞注，四部叢刊本。

3. 《文心雕龍注釋》，劉勰著，周振甫注，里仁。

4. 《韓昌黎詩繫年集釋》，韓愈著，錢仲聯編，學海。

5. 《白氏長慶集》，白居易，四部叢刊本。

6. 《白香山詩集》，白居易，世界。

7. 《玉谿生詩詳註》，馮浩注，華正。

8. 《李商隱詩集疏注》，葉蔥奇疏注，里仁。

9. 《李賀詩集》，葉蔥奇疏注，里仁。

10. 《騎省集》，徐鉉，四部叢刊本。

11. 《小畜集》，王禹偁，四部叢刊本。

12. 《林和靖詩集》，林逋，四部叢刊本。

13. 《陸放翁集》，陸游，世界。

14. 《渭南文集》，陸游，文淵閣四庫全書本。

15. 《桐江續集》，方回，文淵閣四庫全書本。

16. 《元遺山詩集箋注》，元好問，施國祁箋注，廣文。

17. 《遺山集》，元好問，文淵閣四庫全書本。

18. 《宋詩鈔》，吳之振等，世界。

19. 《宋詩紀事》，厲鶚，鼎文。

20. 《宋詩紀事補遺》陸心源，中華書局。

21. 《宋詩派別論》，梁昆，東昇。

22. 《宋詩概論》，吉川幸次郎著・郭倩茂譯，聯經。

23. 《宋詩選繹》，錢鍾書，學海。
24. 《宋詩選註》，錢鍾書，木鐸。
25. 《續詩選》，戴君仁，文化。

五、

1. 《歷代詩話》何文煥，藝文。
2. 《歷代詩話續編》，丁福保，木鐸。
3. 《清詩話》，丁福保，藝文。
4. 《清詩話續編》，郭紹虞等，木鐸。
5. 《百種詩話類編》，臺靜農，藝文。
6. 《苕溪漁隱叢話前後集》，胡仔，長安。
7. 《詩人玉屑》，魏慶之，商務。
8. 《石林詩話》，葉夢得，文淵閣四庫全書本。
9. 《後村先生大全集》（詩話部分），劉克莊，四部叢刊本。
10. 《後村詩話》，劉克莊，文淵閣四庫全書本。
11. 《滄浪詩話校釋》，嚴羽著，郭紹虞校釋，里仁。
12. 《瀛奎律髓》，方回，文淵閣四庫全書本。
13. 《詩藪》，胡應麟，廣文。
14. 《儒林公議》，田況，文淵閣四庫全書本。
15. 《老學菴筆記》，陸游，文淵閣四庫全書本。
16. 《貴耳集》，張端義，廣文。
17. 《貴耳集》，張端義，文淵閣四庫全書本。
18. 《石林燕語》，葉夢得，文淵閣四庫全書本。
19. 《鈍吟雜錄》，馮班，廣文。

六、

1. 《文學論》，韋勒克著‧王夢鷗譯，志文。
2. 《詩論》，朱光潛，漢京。
3. 《文學論集》，姚一葦，書目書評。
4. 《飲之太和》，葉維廉，時報。
5. 《中國文學理論》，劉若愚，聯經。
6. 《中國文學論集》，徐復觀，學生。
7. 《中國文學欣賞舉隅》，傅庚生，地平線出版社。

8. 《中國韻文裡所表現的情感》，梁啓超，中華書局。

9. 《中國詩學設計篇》，黃永武，巨流。

10. 《中國詩學鑑賞篇》，黃永武，巨流。

11. 《詩與詩人》，孫克寬，學生。

12. 《修辭學》，黃慶萱，三民。

13. 《色彩學》，林書堯，三民。

14. 《中國詩律研究》，王子武，文津。

15. 《詩律研究》，簡明勇，嘉新水泥文教基金會論文。

16. 《近體詩發凡》，張夢機，中華書局。

17. 《古典詩的形式結構》，張夢機，尚友。

七、

1. 《陶淵明及其詩的研究》，王貴苓，台大碩士論文，48 年。

2. 《謝靈運及其詩》，林文月，台大文史叢刊。

3. 《唐詩論文選集》，呂正惠編，長安。

4. 《李商隱詩研究論文集》，中山大學中文學會主編，天工。

5. 《李義山詩研究》，張淑香，台大碩士論文，62 年。

6. 《李賀詩研究》，楊文雄，文史哲。

7. 《宋初詩壇與西崑詩體》，黃啓方，國科會研究論文，58 年。

8. 《楊億年譜》，施隆民，台大碩士論文，62 年。

9. 《江西詩社宗派圖研究》龔鵬程，文史哲。

10. 《元遺山詩研究》，吳美玉，台大碩士論文，62 年。

11. 《小山詞的紅與綠》，鄭騫，台灣中華書局（收入景午叢編）。

12. 《西崑發隱》，吳則虞，谷風（收入藝林叢考第七輯）。

13. 《西崑酬唱集雜考》，葉慶炳，書和人（一九五期）。

14. 《唐詩與宋詩》，曾克耑，文學世界十四期，45 年 9 月。

15. 《闢宋一鱗》，孫克寬，民主評論七卷七期，45 年 9 月。

16. 《從後山詩中的黑黃白說起》，鄭騫，中外文學第三卷第五期，63 年 10 月。

附錄一：
試論鍾嶸《詩品》對司空圖詩論之影響

摘　要

　　鍾嶸《詩品》爲中國文學批評史上第一部評論五言詩的專著，被後世視爲詩話的祖型，與當時體大思周的劉勰《文心雕龍》並稱，享有崇高地位，二書對後代文（詩）學理論，都產生過深遠的影響。

　　《詩品》一書，總結漢魏以來流行的五言詩創作經驗的成果，系統地提出論詩觀點，例如詩主抒情，倡滋味、直尋、自然英旨等等，這些觀點給予後世詩論家論詩，開啓了無限摸索追尋的法門，其中以唐代司空圖論詩觀點受鍾嶸《詩品》的影響最爲顯著。

　　司空圖爲晚唐詩人兼爲詩論家之代表，他以《二十四詩品》享譽後世，《二十四詩品》結合唐詩創作的經驗成果，從風格上面作出總結歸納，所運用的表現形式，極其特別，既是詩的創作也是哲理的創作，深具開創意義。惟司空圖論詩主旨，重在標舉味外味，韻外之致，倡自然、含蓄等等，可說是位居上承鍾嶸《詩品》論詩觀點，下開嚴羽妙悟及明、清二代性靈說與神韻說之重要關鍵。

　　本文即嘗試從鍾嶸《詩品》及司空圖詩論主張，兩者彼此之關係，來探究鍾嶸《詩品》對司空圖詩論之影響。

關鍵詞：鍾嶸詩品　滋味　直尋　自然英旨　司空圖二十四詩品　味外味　韻外之致　自然

前　言

　　鍾嶸《詩品》與劉勰《文心雕龍》並稱爲南朝文學批評的兩大專著，《詩品》被評爲思深而意遠，《文心雕龍》則被評爲體大思周，〔註1〕《詩品》專論五言詩，被視爲我國詩話的祖型，《文心雕龍》則泛論六朝以來流行的各種文體，可說是籠罩群言，在文學批評史上，兩本書往往被人相提並論，佔據相當重要地位，影響後代極其深遠。

　　《詩品》全書之內容，可分成兩部份，其一爲詩歌理論，其二爲詩歌評論，就詩歌理論而言，其論點有下列三項，一爲詩歌本質之界定、產生之原因、及其功用。二爲五言詩之發展過程。三爲滋味說之提出。其中之論點，有承襲舊說者，如物感說，即謂文學起於外在環境變化之刺激，只是《詩品》指出四時節候變化對詩歌創作的刺激，論述得更爲具體。尤其可貴的是其標舉滋味說，強調詩歌貴在吟詠情性，要求詩歌自然直尋，反對詩歌用事用典，以及反對人工之聲律，這種種的見解則具有開創性的意義，對後代詩學理論起了極爲深刻之影響，如唐代司空圖之《二十四詩品》宋代嚴羽《滄浪詩話》，清代王漁洋之詩學見解，莫不受其影響。

　　本文即嘗試從鍾嶸《詩品》及司空圖詩學主張，兩者彼此之間的關係，來探究鍾嶸《詩品》對司空圖詩論之影響。

一、二者同樣強調詩爲藝術而不強調詩爲政教的詩觀

　　鍾嶸以爲詩歌之本質是吟詠情性，即爲抒情，《詩品》序言「至於吟詠情性，亦何貴于用事。」〔註2〕此種觀點，與先秦兩漢流行的〔詩言志〕說法頗不相同，先秦兩漢詩言志說，總是關聯著教化而言，亦即強調詩歌之政教作用，可以《毛詩·序》的「詩者，志之所之，在心爲志，發言爲詩，情動於中而形於言，……故正得失，動天地，

〔註1〕見章學誠《文史通義·內篇五·詩話》頁159。
〔註2〕本文所引鍾嶸《詩品序》原文，以清、何文煥編《歷代詩話》收錄的《詩品》爲據。

感鬼神，莫近於詩。先王以是經夫婦，成孝敬，厚人倫，美教化，移風俗。」和《樂記》的「凡音者，生人心者也，情動於中，故形於聲，……聲音之道與政通。」為代表；而鍾嶸《詩品》的詩者吟詠情性，所關心的是在詩藝審美上，因而可視為直接繼承晉陸機《文賦》「詩緣情」的觀點而來，就情感的抒發而言，鍾嶸《詩品》特別偏重於個人怨情抒發的強調，而不強調政治教化；此種強調個人怨情激發文學創作的觀點，又與司馬遷於《史記太史公自序》「發憤著書」說，及後來韓愈「物不平則鳴」、「窮苦之言易好」〔註3〕的觀點相聯繫，《詩品·序》言：「若乃春風春鳥，秋月秋蟬，夏雲暑雨，冬月祁寒，斯四候之感諸詩者也。嘉會寄詩以親，離群託詩以怨，至於楚臣去境，漢妾辭宮，或骨橫朔野，或魂逐飛蓬，或負戈外戍，或殺氣雄邊，寒〔塞〕客衣單，孀閨淚盡，或士有解佩出朝，一去忘返。女有楊娥入寵，再盼傾國，凡斯種種，感蕩心靈，非陳詩何以展其義，非長歌何以騁其情。」所強調的是個人種種遭遇對詩歌創作產生作用，中國文學批評史上，從曹丕的《典論·論文》至於陸機《文賦》，無不以為文學創作產生的決定因素在於天才，而劉勰除了不否認天才重要外，他更注意到後天環境，包括時代環境、社會環境、及自然環境對文學創作決定性的影響；鍾嶸《詩品》在此則加入個人遭遇這項因素，彌補而且豐富了自古以來到劉勰「文學物感說」的內容。〔註4〕就詩歌的功能而言：鍾嶸認為詩歌之主要功用，並不是在政治教化之意義，而是在使個人身心遭遇獲得安慰和調劑，所以《詩品序》言：「故詩可以群，可以怨，使窮賤易安，幽居靡悶，莫尚乎詩」，這種觀點的強調，與魏晉南北朝以來的文學觀點的轉變有極為密切之關係，鍾嶸之時代文學已經從漢代政教之附庸脫離出來，而具有其獨立存在之價值，詩被視為一種藝術，一種技藝，為一般貴遊文士玩賞遣悶之對象，故《詩品·

〔註3〕分別見《送孟東野序》及《荊潭倡和詩序》，收入《全唐文》卷五百五十五、卷五百五十六。

〔註4〕見《文心雕龍》（時序篇、明詩篇、物色篇）。

序》言：「故詩之爲技，較爾可知，以類推之，殆均博奕。」視詩與博奕相同，正是從文學遣悶及遊戲說的觀點著眼而與政教無關。

鍾嶸《詩品》以詩爲藝術的特點，無不體現在司空圖的詩論中，司空圖以《二十四詩品》在中國詩學理論佔據極其重要地位，《二十四詩品》又稱爲《詩品》，汎論各種詩之風格，可謂諸體皆備，內容依序爲一雄渾、二沖淡、三纖穠、四沉著、五高古、六典雅、七洗煉、八勁健、九綺麗、十自然、十一含蓄、十二豪放、十三精神、十四縝密、十五疏野、十六清奇、十七委曲、十八實境、十九悲慨、二十形容、二十一超詣、二十二飄逸、二十三曠達、二十四流動，可視爲司空圖對唐詩流行以來各種風格的總結，《二十四詩品》每品以十二句四言詩加以形容概括，例如論雄渾云：「大用外腓，眞體內充，返虛入渾，積健爲雄。具備萬物，橫絕太空，荒荒油雲，寥寥長風，超以象外，得其環中，持之匪強，來之無窮」，此種表現方式，被稱爲象徵批評，〔註 5〕很富詩意又深具形象性，不失爲鑑賞之一種形式，在中國詩學理論中具有別開生面的意義，在《二十四詩品》所論各品之中，頗多給人神秘及抽象感覺，然每逗出韻外之致、超詣之旨，這不能不與他所處的時代風氣有關，中晚唐時代，政治極爲混亂，士人普遍存在著淑世與避世之間矛盾的心態，詩壇上顯著呈現兩股主流，一爲爲人生而藝術，以中唐元稹白居易爲代表，此派在晚唐稍呈式微；另一派爲藝術而藝術，以賈島、孟郊等人爲代表；此派在晚唐頗稱流行。司空圖對於元、白以詩「補察時政，宣導人情」，〔註6〕語言力求平易近人，所作之新樂府詩的淺俗作風抱持貶抑之態度，故評他們的詩爲「力勍而氣弱，乃都市豪估耳」，〔註7〕而對於苦吟派詩人賈島、孟郊等則加以致意，故評其詩言：「閬仙輩時得佳致，亦足滌煩」。惟未全然滿意，所以又評其詩：「誠有警

〔註 5〕見郭紹虞《中國文學批評史》頁 294。
〔註 6〕見白居易《與元九書》、收入《全唐文》卷六百七十五。
〔註 7〕見司空圖《與王駕評詩書》、收入《全唐文》卷八百七。

句，然視其全篇意思殊餒」。〔註8〕賈島諸人無不視詩為藝術，苦尋狂索於其中，其詩特點在於清奇僻苦，一篇中往往佳句多，佳篇少，故不免有體之不備之失。惟其作詩，苦尋狂索，故能悠遊涵詠，體會其韻味，以生命精神全力貫注，司空圖受此風氣影響下，故以生命融入《二十四詩品》風格塑造中，除特重超詣之旨，亦即投身於詩的藝術境界之塑造外，同時也認為詩之作用足以滌蕩內心之煩悶。此種視詩為藝，以詩滌煩之觀點，與鍾嶸詩論以詩為藝，陳詩暢情的旨趣，有前後相映之趣。

二、鍾嶸的滋味說與司空圖的味在酸鹹之外——二者皆重韻外之致

鍾嶸論詩的主旨即標舉滋味說，滋味一詞，雖有其遠源，然真正用來評五言詩，鍾嶸算是第一人，《詩品・序》言：「夫四言文約意廣，取效風騷，便可多得，每苦文繁意少，故世罕習焉，五言居文詞之要，是眾作之有滋味者也。」此段引言，即為鍾嶸滋味一詞之所出，此外滋味亦有單作「味」，如《詩品・序》又言：「永嘉時貴黃老，稍尚玄虛，于時篇什，理過其詞，淡乎寡味。」又如「幹之以風力，潤之以丹彩，使味之者無極，聞之者動心，是詩之至也。」上述所引「滋味」、「味」所強調的是從藝術審美角度出發，不涉及功利政教，只視詩為一美的對象，故特別強調詩的滋味。至於要如何才能達到滋味的要求？鍾嶸《詩品・序》以為須要「幹之以風力，潤之以丹彩」，才是詩之至。所謂「風力」即指思想情感，「丹彩」即指文彩修飾，兩者達到和諧統一，換言之即情采一致，文質相當。鍾嶸在詩歌評論部份，評論漢魏以來流行之五言詩作家，凡一百二十三人，其中上品十二人，中品三十九人，下品七十二人，其批評標準，即依據「風力」與「丹彩」一致而定。如評曹植詩：「骨氣奇高，詞彩華茂，情兼雅怨，體披文質。」故列上品。至於達至風力丹彩一致的途徑如何？鍾

〔註 8〕同註 7。

嶸認爲要酌用賦比興，鍾嶸解釋賦比興有突破傳統說法之處，〔註9〕《詩品·序》言「文已盡而意有餘，興也，因物寓志，比也，直書其事，寓言寫物，賦也。」其中以用「文已盡而意有餘」解釋興最爲特別，啓導後來詩論家對「言有盡而意無窮」的無限追求。

鍾嶸的滋味說體現於司空圖的詩論中，即是司空圖所標準的味外之味，味在酸鹹之外的主旨，味外味並不直接出自其所著之《二十四詩品》中，然《二十四詩品》每品所述之旨趣，往往逗露出此點趣味端倪來，《二十四詩品》如「超以象外，得其環中」〈雄渾〉，「遇之非深，即之愈稀」〈沖淡〉，「不著一字，盡得風流」〈含蓄〉〔註10〕等，皆逗露出超詣之旨，言外之趣，至於味在酸鹹之外一語，則直接出自於〈與李生論詩書〉中，其言云「文之難而詩之難尤難，古今之喻多矣，而愚以爲辨於味而後可以言詩也，江嶺之南，凡足資於適口者，若醯匪不酸也，止於酸而已，若醝匪不鹹也，止於鹹而已，中華之人所以充飢而遽輟者，知其酸鹹之外，醇美者有所乏耳」，「詩貫六義，然直致所得，以格自奇」，「王右丞韋蘇州澄淡精緻，格在其中」，「近而不浮，遠而不盡，然後可以言韻外之致耳。」〔註11〕此外在《與極浦書》亦云：「戴容州云，詩家之景如藍田日暖，良玉生煙，可望而不可置之眉睫之前也，象外之象，景外之景豈容易可談哉？」〔註12〕上面所引，在在都足以見出司空圖論詩主旨著重在酸鹹以外之味及韻外之致，他所推崇的是王維、韋應物等人的詩歌作品，所欣賞的是他們詩中特有的澄淡精緻之神味，這純然從藝術審美觀點著眼，不關乎功利政教。故與鍾嶸滋味說強調的——「使味之者無極，聞之者動心，是詩之至也」的說法，先後相互輝映成趣，也啓發宋代嚴羽妙悟說及清代王士禎的神韻說。

〔註 9〕 傳統上解釋賦爲鋪陳、比爲比喻、興爲以善事喻勸，鍾嶸《詩品》與之不同。
〔註10〕 本文《二十四詩品》引文，以《歷代詩話》收錄爲據。
〔註11〕 同註8。
〔註12〕 見司空圖《與極浦書》，收入《全唐文》卷八百七。

三、鍾嶸標舉自然英旨、直尋，司空圖亦倡自然之旨

　　鍾嶸《詩品》論詩另一要旨即在標舉自然、直尋，實則自然直尋與他的滋味說相聯繫，滋味說植基在自然直尋的基礎上，《詩品‧序》言：「若乃經國文符，應資博古，撰德駁奏，宜窮往烈，至於吟詠情性，亦何貴於用事，思君如流水，既是即目，高台多悲風，亦惟所見，清晨登隴首，羌無故實，明月照積雪，詎出經史。觀古今勝語，多非補假，皆由直尋。顏延、謝莊，尤為繁密，於時化之。故大明、泰始，文章殆同書抄，近有任昉、王元長等詞不貴奇，競須新事，爾來作者，浸以成俗，遂乃句無虛語，語無虛字，拘攣補衲，蠹文已甚，但自然英旨，罕值其人。」所謂「補假」，即是雜湊典故成辭，用事用典，所謂「直尋」，即直抒胸臆，寫出即目所見，鍾嶸以為詩是抒情的，體會的；不同於奏議書論散文，重在議論、說明；故詩中如多用事用典，便會妨害直抒胸臆，有違自然英旨，所以他強調直尋，反對詩中刻意多用典故，鍾嶸的如此主張，與所處時代駢文用典、用事大流行的時代潮流相背，具有矯正時弊意義，其次鍾嶸亦反對當時流行的人工聲律，主張自然的聲韻，《詩品‧序》言「昔曹劉殆文章之聖，陸謝為體貳之才，銳精研思，千百年中而不聞宮商之辨，四聲之論；或謂前達偶然不見，豈其然乎？嘗試言之，古曰詩頌皆被金竹，故非調五音，無以諧會，若『置酒高臺上』，『明月照高樓』為韻之首，故三組之詞，文或不工，而韻入歌唱，此重音韻之義也，與之言宮商異矣，今不被管絃，亦何取于聲律耶？齊有王元長者，嘗謂余云：宮商與二儀俱生，自故詞人不知之，……王元長創其首，謝朓、沈約揚其波，三賢或貴公子孫，幼有文辯，於是士流景慕，務為精密，襞積細微，專相陵架。使文多拘忌，傷其真美。余謂文制，本須諷讀，不可蹇礙，但令清濁通流，口吻調利，斯為足矣。」聲律論倡導於王融、謝朓等人，以四聲製韻，對近體詩的產生形成，起了決定性作用，鍾嶸則對聲律論持反對意見，認為人工製韻，有傷真美，違背自然，使詩喪失了其中應有的獨特的滋味。

鍾嶸倡導自然英旨也體現在司空圖的以自然爲依歸的詩論中，〈二十四詩品〉雖泛論各種詩的風格，但探究其偏重所在，則貴在自然、含蓄，如論自然「俯拾即是，不取諸鄰。俱道適往，著手成春。」論含蓄則謂「不著一字，盡得風流。語不涉難，若不堪憂。」又論實境則謂「情性所至，妙不自尋。遇之自天，冷然希音。」即使論纖穠、論綺麗亦以自然爲依歸。故明‧王士禎特取「采采流水，蓬蓬遠春。」及「不著一字，盡得風流。」作爲神韻說的註腳，認爲詩的極則。〔註13〕此外；從司空圖《與李生論詩書》中強調「詩貫六義、然直致所得，以格自高」認爲「王右丞韋蘇州澄淡精緻，格在其中」及與《王駕評詩書》中強調「右丞蘇州趣味澄敻，若清風之出山」；贊許王生〈駕〉「沉漬益久，五言所得長於「思與境偕」」；二書文中，對王維、韋應物田園山水等自然詩派的推崇，致意再三，王、韋諸人尤擅長五、七言小詩，作品以自然恬靜、清新淡遠著稱，可見司空圖的詩論以自然爲依歸之旨趣，並非如《四庫總目提要》所論，以爲「諸體畢備，不主一格」。由上可知，鍾嶸《詩品》標舉的自然直尋，與司空圖以自然爲依歸的論詩主旨，關係是緊密相連的。

結　語

從上面論述就可以看出鍾嶸與司空圖二者論詩觀點相近之處，鍾嶸論詩要旨如主抒情，倡滋味，崇自然諸主張，到司空圖《二十四詩品》，可以說是從詩學內在理論方面，作了相當程度的繼承與發揮，如司空圖標舉味外味，崇自然、貴含蓄，追求韻外之致的論詩主張，無疑地即吸收鍾嶸詩論的精華而來，這也給予了後來嚴羽《滄浪詩話》主張的興趣說、王士禎主張的神韻說提供了無窮的詩學養料，作爲專門評詩一部著作，鍾嶸《詩品》的詩學主張具有獨特的開創性是極其明顯，而司空圖的詩觀點正深受他的啓發影響也是極爲明顯的。

〔註13〕見《四庫全書總目》卷一九五詩文評類。

重要參考書目

1. 《歷代詩話》,《詩品》,何文煥編訂,〈藝文〉。

2. 《歷代詩話》,《二十四詩品》,何文煥編訂,〈藝文〉。

3. 《舊唐書》,劉昫等撰,〈中華書局〉。

4. 《新唐書》,歐陽修等,〈中華書局〉。

5. 《文化雕龍注釋》,周振甫著,〈里仁書局〉。

6. 《全唐文》,清董誥等編,〈上海古籍〉。

7. 《詩品全譯》,鍾嶸著,徐達譯注,〈貴州人民〉。

8. 《四庫全書總目》,永瑢等撰,〈中華書局〉。

9. 《文史通義》,章學誠著,〈華世〉。

10. 《中國近代文論選》,郭紹虞等主編,〈木鐸〉。

11. 《中國文學批評史》,郭紹虞著,〈明倫〉。

12. 《中國文學批評史》,羅根澤著,〈學海〉。

13. 《古典文學論探索》,王夢鷗著,〈正中書局〉。

14. 《中國詩歌美學》,肖馳著,〈北京大學〉。

15. 《司空圖新論》,王潤華著,〈東大圖書〉。

附錄二：
莊子虛靜心及其在藝文創作之意義初探

摘　要

　　莊子是繼老子之後的戰國時代道家學派重要代表，他進一步發展老子學說形成自己學說之特色，在中國思想史上它他的地位如同儒家的孟子，莊子關懷現實人生，由於受戰國時代環境的制約，決定了莊子亂世哲學之特色，諸如他主張如何超越是非，齊一生死，避害遠禍，順任自然，逍遙養生，如何通過心齋、坐忘等修養方法達到與萬物爲一體的境界，在在是莊子思想所關心的命題；在這諸多命題中，尤以如何讓心靈虛靜就成爲莊子學說重要工夫入手處，虛靜一辭首見於《老子》一書中之「致虛極，守靜篤。」莊子進一步加以發揮，使之成爲整個道家學說體道最重要修養方法之依據；《莊子》一書中所描述的理想人格「神人」、「至人」、「眞人」、「聖人」，這些體道之人，皆通過虛靜心靈的修養而有以致之，這種虛靜心之修養與一個藝術家從事藝術創造所具備心靈自由的意趣相通，《莊子》書中例舉多則寓言如庖丁解牛、梓慶削木爲鐻、痀僂承蜩等等，皆說明此中意義，故《莊子》啓示於文學藝術其意義在此。本文嘗試先探討《莊子》虛靜心與體道之關係，然後進一步探討莊子虛靜心在藝文創作中所揭示之意義。

前　言

　　先秦諸子中以儒、道二家，不僅對後代中國學術思想發展具有極深遠之影響，而且也對人文性格生成亦具有決定性之影響。儘管儒道二家思想影響後人有別，但二家思想形成都立足於對周文疲憊之反省，著眼於當時現實人生的關懷則無不同，後人常以儒家著重於入世、道家偏向於出世，治世時用儒家，亂世時用道家，以區分儒道二家之差異，實則更足見出二家的相依互補。因二家互有擅場，適足以爲後人提供一種全方位之處世之人生態度，積極進取、樂天安命，不極端、不偏滯，自足和諧；中國學術思想之有儒道二家，故能顯出中國學術思想的精彩。

　　中國學術思想無論儒之孔、孟；或是道之老、莊；其終極關懷皆以現實人生爲出發點，重在主體生命之修養，不重客觀知識之建立，儒家孔、孟如此，道家之老、莊亦然，老子以道爲宇宙萬物之根本原理、事物之客觀規律，初步建立道家理論學說，但是老子所重仍是在如何效法天道以成就人事，所重依然在現實人生上面，所以老子思想通過慎到、韓非諸人之發展，而顯出政治之精彩；莊子之思想，雖然也是發揮老子思想，但他已將老子的道深度化與廣度化，並且融入內在生命之中，強調通過心之虛、靜修養工夫歷程，使得主體生命與道純然冥合；達到最高的精神自由境界，這也就是體道的境界；此種境界，徐復觀先生《中國藝術精神》一書中就將它稱之爲藝術精神，〔註1〕是爲成就一切最高藝術價值可能之主體精神境界，莊子開創出中國之藝術精神，對中國後代文藝理論產生了極其深遠影響，這是莊子所始料未及的；事實上莊子思想的終極關懷是現實生命之問題，而其開始並無意於藝術，莊子所揭示之體道的基礎，與儒家並無二致，即皆落實在心上作工夫，如儒家孔子言仁心，而仁心不假外求，故言「吾

〔註 1〕參見徐復觀先生《中國藝術精神》一書第二章第二節的説法。學生書局。

欲仁，斯仁至矣」，〔註2〕孟子進一步發揚的「萬物皆備於我，反身而誠」、〔註3〕「盡其心，知其性也。知其性，則知天矣。」〔註4〕所強調的是一念之警覺亦即自覺心，再將此種自覺心加以存養；這就是成德成聖關鍵，亦即是天人合德的不二法門；就道家言，工夫方法是採用減滅去除式，亦即是「為道日損、損之又損、以至無為」、〔註5〕「絕學無憂」（《老子》第二十章）、及「心齋」、「坐忘」等致虛守靜的消解式經驗的認識法，這即是以直觀照見一切萬有的本體，而達到的體道的境界，這種依道家工夫所達到的境界即是莊子書中所謂的真人（〈大宗師〉）、至人、神人、聖人（〈逍遙遊〉）之境界，亦即是「遊」（〈逍遙遊〉）的境界；達到這種境界，此時主體與客體對立消除，故能物我兩忘而與天地萬物為一體。

足見主體心靈虛靜修養工夫，佔居道家老莊思想修養論之重要地位，特別是莊子對虛靜心的強調表現比老子更是明顯，掌握莊子之虛靜心，對於莊子的道以及他所成就之文藝審美之心靈何以可能，才有所了解，本文即嘗試對莊子之虛靜心及其在藝文創作之意義作一試探，期以見出莊子如何以虛靜修養體道，及虛靜心對藝術、文學創作有何意義。

老子、荀子之虛靜說

虛靜心為莊子思想中主體修養重要之方法，同時也是先秦時代尤其是戰國諸子共同重視之問題，如孟子有所謂存心、養心，管子有所謂虛素，荀子有所謂的大清明、虛一而靜等之說法，茲舉前於莊子的老子、及後於莊子的荀子虛靜說二者為例，稍作考察，期以見出承先啟後之關係。

〔註2〕《論語·述而》《四書集注》頁100。漢京文化出版社。
〔註3〕《孟子·盡心上》《四書集注》頁350。
〔註4〕同註3，頁349。
〔註5〕參見《老子第四十八章》陳鼓應著《老子今注今譯》。商務；本篇有關老子引文以此本為據。

一、老子之虛靜說

虛靜二字最先揭示於《老子》書中：老子說：

> 致虛極，守靜篤，萬物並作，吾以觀復。夫物芸芸，各復
> 歸其根，歸根曰靜，是曰復命。復命曰常，知常曰明。（第
> 十六章）

《老子》一書重心所在就是道，它是老子對宇宙本體觀察所得，老子
書中道爲哲學核心命題，《老子》第一章開宗明義說：「道可道，非常
道。」意即是可言說的，就不是常道，老子的道，它是構成世界的實
體，也是創造宇宙的動力，它是永恆存在的，第四章「道沖而用之，
或不盈。淵兮似萬物之宗。」第二十六章上「重爲輕根，靜爲躁君。」
第十六章「歸根曰靜」，這幾章皆在說明道體是虛空而靜的，這個虛
空而靜的特點是對道體的規定，是宇宙萬物生成的根源。既然道爲虛
空而靜，則人事應法天道以應世，人事態度亦是無爲的，虛一而靜的。
老子觀察認識的道如此，則老子的體道的方法自然就是虛、就是靜。

　　老子在第十六章中雖然沒有明言認識主體的心，但他確立了虛、
靜、觀復之主體態度，這個認識主體的心隱然在其中，即以虛靜態度，
觀照萬物之運作；能知其歸根、復命、趨於靜之常則，是爲明。概括
言之，即以虛、靜可以致明。

　　「致虛極，守靜篤」是老子體道之重要修養方法，老子如何見得
到「有物混成，先天地成，」之道？唐君毅先生《中國哲學原論‧導
論篇》，對老子虛靜體道問題有一段說明，值得參考。唐君毅先生說：

> 老子之道，既不同於說明萬物之假設，又非人之宗教信仰
> 之所對，復非依理性上之原則所建立；則老子之知有此形
> 上道體，唯餘一可能，即由老子之直覺此道體之存在。老
> 子之所以能直覺此道體之存在，則必原於老子自己之心境
> 與人格狀態之如何；而此心境與人格狀態之具有，則當依
> 老子之修養之工夫此工夫，吾意謂其要在老子所謂之致虛
> 守靜等。吾人今果有與老子有類似之修養工夫，而具有類

似之心境與人格狀態，則亦將能悟此道體之存在。〔註6〕
唐君毅先生以爲老子的道並非憑空從幻想假設而得，而是從心靈修養
證驗而得，唯有在心靈極端虛靜的狀態下，才能在紛雜並作之萬象
中，見到萬物最本初的混成之相。此處之發明，有助於後人對老子以
心靈之虛靜工夫體道的瞭解，因《老子》書中文辭簡要，只是略舉其
綱要，未詳細詮釋認識主體與客體之道二者之關聯，後來之莊子對於
虛靜心與道體二者之間關係則有進一步詳盡發揮。

老子以虛、靜來規定道，道爲老子的本體論與宇宙論，通於人世
應用，所謂靜即無爲，遂導出黃老、慎到、韓非諸人政治思想之靜因
術。

二、荀子之虛靜說

先秦諸子中除了老子外，荀子對於虛靜之心亦極強調，大抵荀子
虛靜心之義，受道家之老、莊之影響而來，故不同於孔孟所說之道德
仁心。荀子以爲心有認知禮義活動之功能，而認知心究竟如何才能產
生認知禮義之活動？這要靠心之虛一而靜，《荀子‧解蔽篇》說：

> 故知之要在於知道。人何以知道？曰心。心何以知道？曰
> 虛一而靜。心未嘗不臧也，然而有所謂虛；心未嘗不滿也，
> 然而有所謂一；心未嘗不動也，然而有所謂靜。〔註7〕

此即對虛一而靜之義所作之解釋，荀子進一步說：「不以所已臧，害
所將受，謂之虛。」以爲「虛」並不是去滅知，而是將舊知懸置。一
與虛有相通處即不以彼害此，彼此混淆，「不以夫（彼）一害此一，
謂之壹。」則「一」意即是向內專注而不旁騖，「不以夢劇亂知，謂
之靜。」

虛一而靜則表現心之無限制性、超越性、統攝諸一之貫通性，能
虛一而靜，則不被各種私欲私見所蔽，對於心術之患即能消解。就是
所謂「大清明」；能大清明即能知道，此道非天道，非地道、而是指

〔註6〕參見唐君毅先生《中國哲學原論導論篇》頁369。學生。
〔註7〕參見王先謙《荀子集解》卷十五〈解蔽第二十一〉。台灣時代書局。

人道，人道亦即禮義之統，而其效用極大，「處於今而論久遠，坐於室而見四海。」更進而能「以微知明」，「以一知萬」，「由近知遠」，「古今一度」，可在人當下之心中攝天下古今之仁義之統，詩書禮樂之分於其內。

概括言之，荀子之虛一而靜說心，以致知爲出發點，故稱爲認知心；以知統類爲終，又稱爲統類心；後代文藝論者所重，大抵發揮他的「專一而不旁騖」要義。

莊子之虛靜說以及其所體的道

莊子承老子之後，對老子之「致虛極，守篤靜」以虛、靜、觀復、體道之義，極力發揮，成爲貫通全部《莊子》一書之重要內容。

莊子言道除了承老子之道而來，他比老子更進一步的地方是將老子的道普遍化、生活化、具體化；使道融入萬物生命之中，最具意義的是使老子的道轉化爲一種心靈境界；以下先看莊子對道的一段具體描述：

> 夫道，有情有信，無爲無形；可傳而不可受，可得而不可見；自本自根，未有天地，自古以固存；神鬼神地，生天生地；在太極之先而不爲高，在六極之下而不爲深，先天地生而不爲久，長於上古而不爲老。〈大宗師〉

莊子此處清楚的揭示道的各種特性，如「有情有信，無爲無形」，以道具有實存性，「無爲」形容道之虛空寂靜，「無形」是形容道之超越名相；「自本自根」即說道具有自存性，亦即說道之存在根據是在其自身當中，「神鬼神帝，生天生地。」是說道生天地萬物是天地萬物之根源。「在太極之先而不爲高，在六極之下而不爲深，先天地生而不爲久，長於上古而不爲老」。是說明道之超越性，這種超越時空之實體之道，並不是現象世界具體事物，所以無法以感官知覺它，只能以心靈去體悟它；莊子在此對道之描述，當屬於老子道的範疇。莊子對道描述較老子突出的地方，是在莊子以爲這個道不僅生天生地，它

還參與萬物流行變化，〈知北遊〉說：

> 物物者與物無際，而物有際者，所謂物際者也，不際之際，
> 際之不際者也，謂盈虛衰殺，彼爲盈虛非盈虛，彼爲衰殺
> 非衰殺，彼爲本末非本末，彼爲積散非積散也。

萬物有積散變化，道運作萬物隨自然變化而變化，道本身並無消失；道不僅運作萬物，而且還內在於萬物之中，這從東郭子的問道寓言中說的很清楚：

> 東郭子問道於莊子曰：「所謂道惡乎在？」
> 莊子曰：「無所不在。」
> 東郭子曰：「期而後可。」
> 莊子曰：「在螻蟻。」
> 曰：「何其下邪？」
> 曰：「在稊稗。」
> 曰：「何其愈下邪？」
> 曰：「在瓦甓。」
> 曰：「何其愈甚邪？」
> 曰：「在屎溺。」

東郭子不應。莊子曰：「夫子之問也，固不及質。正獲之問於監市履狶也、每下愈況。汝唯莫必、無乎逃物。」

　　莊子在此明白指出，道並非高高在上，遙不可及，亦並非空懸抽象的概念，而是普遍性地內在於萬物之本身，重點是你我有沒有用虛靜心靈去體悟？這種道的普遍化、自由化及既超越又內在的特點之強調，正是莊子的道比老子更突出之處。

　　瞭解了莊子的道後，我們不禁要進一步追問？莊子如此體悟掌握道，他的憑藉是什麼？當然莊子所謂的道，絕不會是憑空懸想而得，而是有一套特殊的認識方法，確實工夫實踐的歷程後而得的；這就不得不引出莊子思想中非常重要的工夫修養方法，此即莊子所謂的「虛靜心」。亦即〈人間世〉中所說的「心齋」，〈大宗師〉所提示的「坐忘」。和〈齊物論〉所說的「莫若以明」等。

心是認知及修的主體，它在《莊子》書中有兩種不同的意義，一爲具有負面的意義，如成心、〈齊物論〉、師心、不肖之心、(〈人間世〉)賊心、機心、滑心、(〈天地〉)一切智巧都從此心導出，這種意義的心，容易爲種種欲念所奴役，而成爲人生紛擾的根源，它的伸展，便構成精神桎梏。另一爲含有積極的意義，如常心、(〈德充符〉)靜心(〈達生〉)。莊子又用「靈府」、「靈台」來形容這種心，靈是形容心體作用的奧妙，「府」、「台」是形容心境含藏的豐富。這種意義的心，爲一切價值的根源，它洗淨了欲念的攪擾，超脫了俗事的牽累，它可照見萬有的眞況，能觀賞天地的大美，而遊於無所拘繫的境地。〔註 8〕對於同樣一種心，竟有正負優劣二面解釋，這並不是說莊子對心的看法有矛盾，而是表示說此二種心乃一體二相，減損追逐欲望，固執成見的成心，以還清靜不擾，虛曠不執的常心，這就是莊子虛靜心意義所在。

老子以虛靜說明道（宇宙）的特性（本然狀態），莊子則將虛靜作爲主體體道的依據與必須；主體之所以與道合一，就在兩者同是虛靜。所以以虛靜作爲主體修養工夫是莊子思想極爲突出的地方，以下分項說明：

一、虛靜之達致途徑

1. 心齋

(〈人間世〉)說：

回曰：敢問心齋。仲尼曰：若一志、無聽之以耳、而聽之以心。無聽之以心、而聽之以氣。聽止於耳。心止於符。氣也者、虛而待物者也。唯道集虛。虛者、心齋也。……瞻彼闋者、虛室生白，吉祥止止。夫且不止、是之謂坐馳。夫徇耳目內通，而外於心知。鬼神將來舍，而況人乎。〔註9〕

〔註 8〕參見陳鼓應先生《老莊新論》〈莊子認識系統的特色〉頁 248，五南圖書。
〔註 9〕本文有關莊子引文以郭慶藩《莊子集釋》爲據。

心齋爲心靈作齋戒，使心回復到原來的空靈明覺；這是忘知的心的狀態。莊子主張用超越形體器官之上的氣來聽，氣之層位高於耳及心，「無聽之以心，而聽之以氣。」此處之心，是指分解之知的主體，此處之氣是對心齋的一種比擬的說法；實則氣與心並非截然不同兩樣東西，心靈活動到達純精的境地就稱爲氣，換言之，氣即是高度修養境界空靈明覺之心。所以莊子說「氣也者，虛而待物者也。唯道集虛，虛者，心齋也。」是指心而言。只有空明之心才賦有廣大的容受性。

2. 坐忘

〈大宗師〉說：

> 顏回曰：回益矣。仲尼曰：何謂也？曰：回忘禮樂矣。曰：
> 可矣。猶未也。他日、復見。曰：回益矣。曰：何謂也？
> 曰：回忘仁義矣。曰：可矣、猶未也。他日、復見。曰：
> 回益矣。曰：何謂也？曰：回坐忘矣。仲尼蹴然曰：何謂
> 坐忘？顏回曰：墮肢體、黜聰明、離形去知、同於大道、
> 此謂坐忘。仲尼曰：同則無好也。化則無常也。而果其賢
> 乎。丘也、請從而後也。

坐忘是當下坐，當下忘，忘是一種負作用的消解，與坐馳相對，坐馳意即雖坐猶馳，生命被牽引出去，去作無謂的征逐；使生命本身心靈不能平靜；坐忘的修養進程，是一層層由外向內打通，禮樂爲外在規範，仁義爲內在規範，這些規範對心靈形成一種束縛，這些束縛解除之後，進而「墮肢體，黜聰明，離形去知。」墮肢體即離形，黜聰明即去知；離形和去知，是達到坐忘的兩道工夫，所謂離形並不是不要形體，而是意指消解由生理所激起的貪欲，所謂去智意指由心智作用所產生的僞詐。貪欲與智巧都足以擾亂心靈，揚棄它們才能使心靈從糾結桎梏中解放出來而臻於大通的境界。

3. 去知與故

「知謂」知識智巧，「故」謂人爲造作，莊子以知與故是紛爭的

根源，如果要保持心境的寧靜，就必需鄙棄知識智巧及人爲造作。〈人間世〉說：

> 且若亦知夫德之所蕩，而知之所爲出乎哉！德蕩乎名，知出乎爭。名也者，相軋也。知也者，爭之器也。二者凶器，非所以盡行也。

足見莊子將知視爲爭之器，人世間一切紛擾亂源的起因，就在逞知鬥巧。擾亂清靜的心靈使之不得安寧。〈齊物論〉說：

> 大知閒閒、小知閒閒。大言炎炎、小言詹詹。其寐也魂交，其覺也形開。與接爲構、日與心鬥。縵者、窖者、深者、密者、小恐惴惴、大恐縵縵。其發若機栝、其司是非之謂也。其留如詛盟、其守勝之謂也。其殺也如秋冬，以言其日消也。其溺之所爲之，不可使復之也。其厭也如緘，以言其老洫也，近死之心莫使復陽。喜怒哀樂、慮歎變慹、姚佚啓態。

這段描寫出主觀世界的紛爭糾結，各式各樣的人逞智鬥巧，勞神焦思，以戰勝他人爲已足，進而牽動情緒的反應。

莊子在這裡指出人與物相交，即在「與接爲構」時，而「日與心鬥」、產生知謀。所以說，「知出乎爭」，爭名爭利，使知淪爲與人爭勝的工具，一種凶器，因此這種知必須加以破除。

〈天地篇〉中借一個不以機械灌園的老丈人的口表示說：

> 有機械者必有機事，有機事者必有機心，機心存於胸中，則純白不備，純白不備，則神生不定，神生不定者，道之所不載也，吾非不知，羞而不爲也。

在莊子看來人的知巧、作爲，將帶來對道本然狀態的一種破壞，這即是所謂的「是非之彰，道之所以虧也。」〈齊物論〉也會帶來對寧靜心境的破壞，同時更會對體力精神的消耗，此亦所謂「巧者勞，而智者憂。」〈列御寇〉所以莊子對「去知與故」的態度是「去知與故，循天之理，故無天災，無物累，無人非，無鬼責……其神純粹，其魂不罷，虛無恬淡，乃合天德。」〈刻意〉一般人以爲莊子去知，是反

知，這是誤解；事實上莊子所謂去知，和「吾喪我」的「喪」意義相當，即是去小知而後大知明，也就是〈大宗師〉所謂：「有眞人而後有眞知」的眞知。

4. 恬淡去欲

莊子認爲「其嗜欲深者，其天機淺。」〈大宗師〉嗜欲的深淺，決定一個人修養的高下；只有去除心中的嗜欲，才能有心境的寧靜。

《莊子》一書中，對人心境中的嗜欲形態，有相當深刻的認識。〈庚桑楚〉說：

> 徹志之勃，解心之謬，去德之累，達道之塞，貴、富、顯、
> 嚴、名、利六者，勃志也。容、動、色、理、氣、意六者，
> 謬心也。惡、欲、喜、怒、哀、樂六者，累德也。去、就、
> 取、與、知、能六者，塞道也。此四六者，不蕩胸中，則
> 正，正則靜，靜則明，明則虛，虛則無爲而無不爲也。

莊子從人的志意、氣質、情緒、知能等生理及心理諸層面，指出二十四種嗜欲表現，認爲這些嗜欲擾亂心境安寧，因此自覺地要剔除掉。

綜合上述所論莊子虛靜之達致途徑雖然條析四點說明，各點雖有偏向差異，但實質又都關聯，如心齋與坐忘即有去欲、去知一層意思在，徐復觀先生說「莊子說心齋的地方只擺脫知識，在說坐忘的地方則兩者同時擺脫」，但他又說「欲望借知識而伸長，知識也常以欲望爲動機。」〔註10〕四點不能強分，統攝言之虛靜而已。通過忘、無、去減滅等的工夫修養達到空虛澄明的心靈境界。

二、虛靜的效用

1. 養生

莊子以爲，知性的擴張，以及求欲望的滿足行動，都是有害的，傷生的，〈養生主〉說：

> 吾生也有涯，而知也無涯。以有涯隨無涯殆已，爲善無近

〔註10〕參見徐復觀先生《中國藝術精神》一書第二張第六節。

> 名、爲惡無近刑。緣督以爲經。可以保身。可以全生。可
> 以養親。可以盡年。

緣督以爲經，就是循虛而行，督爲身後中脈，居靜不倚左右。養生即以虛靜減滅心知造作，使一切是非、得失、名利、毀譽、死生、不蕩於胸中，而恆保心寧安靜，故效用則使形全、神不傷，如此，即可盡其天年而不中道夭，所以說可以保身、可以全生、可以養親、可以盡年。在這裡可看出莊子養生是養形和養神兩者並重。

有時莊子以養神更甚於養形。如〈刻意〉說：

> 平易恬淡，則憂患不能入，邪氣不能襲，故其神全而不虧。

純粹而不雜，靜一而不變，淡而茶爲，動而以天行，此養神之道也。

〈庚桑楚〉說：

> 兒子動不知所爲，行不知所之，身若槁木之枝，而心若死
> 灰，若是者，禍亦不至，福亦不來，禍福無有，惡有人災
> 也。

以上所引，都強調以平淡神，與後來魏晉人服食靈芝，飲之醴泉，重養形驅，以求長生不死者，顯然是異趣的。

2. 體道（天人一體）

虛靜的極致妙用，就是天人一體，這是一種精神絕對自由，心靈空間無限開放的境界；也就是眞人、神人、至人的境界；也就是純然的藝術精神的境界。

> 古之眞人，不逆寡，不雄成，不謨士，若然者、過而弗悔、
> 當而不自得也。若然者、登高不慄。入水不濡。入火不熱。
> 是知之能登假于道者也。若此。〈大宗師〉

> 藐姑射之山有神人居焉。肌膚若冰雪，綽約若處子。不食
> 五穀、吸風飲露。乘雲氣、御飛龍、而遊乎四海之外。其
> 神凝、使物不疵癘而年穀熟。〈逍遙遊〉

> 至人之用心若鏡，不將不近，應而不藏，故而勝物而物不
> 傷。〈應帝王〉

> 至德者，火弗能熱，水弗能溺，寒暑弗能害，禽獸弗能賊，

非謂其薄之也，言察乎安危，寧于禍福，謹于去就，莫之
能害也。〈秋水〉

這些體道的眞人，至人，他們不是不食人間煙火，更不是虛無縹
緲的，而是不脫離人間的人，他們都是從人間歷練修養有得的理想人
格類型。有了這層認識，對《莊子》一書中揭示了一種體道後的境界；
如逍遙遊言無待之境界「若乎乘天地之正、而御六氣之辯、以遊無窮
者、彼且惡乎待哉。故曰至人無己、神人無功、聖人無名。」初讀莊
子很容易認爲莊子思想如何灑脫、如何不拘而誤境界爲方法，只求無
己、無功、無名、而不知莊子逍遙背後有切實之修鍊工夫，在〈逍遙
遊〉一文中沒有點破，而是散見於其他各篇章中。

莊子虛靜心在藝文創作之意義

中國文藝理論以爲文藝的本原即是道，以文是道的呈現，所以
《文心雕龍·原道篇》說：「心生而言立，言立而文明，自然之道也」，
又說：「道沿聖以垂文，聖因文以明道」，則道、人、文三者關係，始
得以確立其呈現路向，莊子虛靜體道，正好溝通道、文兩者之間的關
係，使由道而人而文的藝文實現成爲可能，並爲藝文創作者找到人格
超越的依據；莊子之體道之修養，適只定位在天、人這層關係上面，
而藝文創作者從事造藝寫藝時，須依主體虛靜始有可能達成，所以莊
子的虛靜心就成爲藝文創作歷程中首先必要的工夫修養，這與莊子體
道養生以虛靜觀照容受道是一致的，不同的是藝文創作者要以成就事
物爲對象，必須專注於對象，而排斥其餘一切干擾。故必須求落實於
由人至文的藝術實現階段上面，這與莊子虛靜體道定位於天至人之間
關係則稍有異趣，徐復觀先生說：

莊子所追求的道，與一個藝術家所呈現出的最高藝術精
神，在本質上是完全相同。所不同的是，藝術家由此而成
就藝術地作品；而莊子則由此而成就藝術的人生。〔註11〕

〔註11〕同註10，頁56。

對兩者的同工異趣，一語道破；這樣理解莊子很有意義；提供我們對於理解莊子外雜篇諸多論藝寓言的意義是有助益的，有以上之理解後，下面即分三項，說明莊子虛靜心對藝文創作之意義：

1. 虛靜即能澄明虛空以容受萬物，亦即無限包容性

藝文作品之所以爲藝術，便在於它不斷地將虛中的一切可能，具現爲實有形象。藝術做作品之所以能以尺寸而涵宇宙，寄無限於有限，便全在虛處；而所謂「虛」並非一無所有之空白，而是蘊涵一切的眞空；藝文論者有所謂「虛實相生」一義，意義在此；故藝術作品常以虛涵爲基本特性，表現無限包容性。

藝術作品的創作，必以主體心靈爲主導；故作品的虛靈，取決於主體心靈的虛靈；莊子虛靜心，即滌除心中足以干擾觀察宇宙萬物眞相的知識，欲望，使心靈更廣大來接納萬物，如蘇東坡所說：「欲令詩語妙，無厭空且靜，靜故了群動，空故納萬境」〈送參寥詩〉王國維所說：「吾人胸中洞然無物，而後其觀物也深，而其體物也切。」〈文學小言〉都以強調主體心靈虛空，是藝文創作的第一要義。

2. 虛靜即能專一凝神

藝文創作與體道修養同工異趣處，在藝文創作者之虛靜終將專注而執著於一事一物上，以作爲藝術表達對象，體道者則以道爲最終專注對象，而排斥其餘外物；故專注凝神乃是藝文創作者主體虛靜而呈現另一個特性。《莊子・達生》痀僂承蜩之寓言正說明此意。

「〈痀僂承蜩〉曰：「我有道也，五六月累丸二而不墜，則失者錙銖，累三而不墜，則失者十一，累五而不墜，猶掇之也，吾處身也，若厥株拘，吾執臂也，若槁木之枝，雖天地之大，萬物之多，而唯蜩翼之知。吾不反不側，不以萬物易蜩之翼，何而而不得！」孔子曰：「用志不分，乃凝於神，其痀僂丈人之謂乎！」

此段引文中，「唯蜩翼之知」即「凝神」，「不以萬物易蜩翼」即「用志不分」，能凝神專注，故能承蜩如掇拾。〈知北遊〉中提及有大

馬之捶鉤者，言其不失豪芒之因，是「與物無視，非鉤不察。」而〈達生〉梓慶削木爲鐻的寓言亦有「其巧專而外滑消」之語，紀渻子爲王養鬥雞的寓言中，「有望之似木雞矣，其德全矣」之說，這裡的「專」、「德全」等，在在都強調專心一意於所施的事物上，才能有所成就。

3. 虛靜即能指與物化，以天合天

藝文創作的「指與物化」及「以天合天」，是莊子虛靜義的進一步發展，論藝至此已由內在修養轉向外在，物化在莊子思想中可析分兩層次，第一層次爲心以物化，如莊周夢蝶寓言，濠梁之辯，偏向內心修養；另一層次爲指以物化，即藝術實踐歷程於具體對象的落實完成，此時不再僅以心之專注凝神爲已足，且還須輔以手之並用，亦即重實踐層面上。〈達生〉說：

> 工倕旋而蓋規矩，指與物化，而不以心稽，故其靈臺一而不桎。

由指以物化，進到以天合天，則強調功力、修習積累；使道、心、手、物通貫爲一而完成藝術整個過程。如〈達生〉之梓慶削木爲鐻所說：

> 梓慶削木爲鐻，鐻成，見者驚猶鬼神。魯侯見而問焉，曰：「子何術以爲焉？」對曰：「臣工人，何術之有！雖然，有一焉。臣將爲鐻，未嘗敢以耗氣也，必齊以靜心。齊三日，而不敢懷慶賞爵祿；齊五日，不敢懷非譽巧拙；齊七日，輒然忘吾有四枝形體也，當是時也，無公朝，其巧專而外骨消；然後入山林，觀天性；形驅至矣，然後成見鐻，然後加手焉；不然則已。則以天合天。器之所以疑神者，其是與！

前面開始齊三日、齊五日、齊七日、至外骨消一段，講虛靜主體修養；成鐻是心與物化之鐻象，「加手」就是創造藝術之具體實踐，「以天合天」，前一「天」是主體，後一「天」爲客體，當其「以天合天」時，則心、手皆處於無礙之自由運作中。

結　語

虛靜心是莊子思想哲學中一個重要的核心命題，也是莊子很重要

的修養工夫方法，中國哲學思想強調「境界不離工夫」、即本體即工夫，這種由主體性修養以開顯出境界，正是中國生命哲學思想的特點，莊子的思想正體現這個特點，所以掌握莊子的虛靜心，是開啟通往莊子思想自由精神世界的鑰匙，也是開起中國藝術精神的鑰匙；莊子之思想如渾沌般的整全，似乎從任何一竅都可開鑿，但都難以真正見道；又如大鵬展翅飛向天池般高遠，令人心嚮往而終難可企及，因為他不是知識層次的思想而是生命層次思想，是從生命經驗歷鍊不斷超拔提昇而來的。從上述的探討，從莊子虛靜工夫入手來探求莊子藝術精神，是希望掌握著重點，以探知一個大思想家平凡而偉大的心靈，雖然離目標尚屬遙遠，但這總是一個初步的開始。

參考書目

1. 《莊子集釋》，清郭慶藩輯，漢京，1983 年。
2. 《莊子纂箋》，錢穆著，東大，1985 年。
3. 《中國哲學原論導論篇》，唐君毅著，學生，1991 年。
4. 《中國歷代文論選》，郭紹虞等主編，木鐸，1982 年。
5. 《莊子今註今譯》，陳鼓應著，商務，1998 年。
6. 《老子今註今譯》，陳鼓應著，商務，1998 年。
7. 《荀子集解》，王先謙集解，臺灣時代書局，1976 年。
8. 《文心雕龍注釋》，周振甫注，里仁，1984 年。
9. 《中國藝術精神》，徐復觀著，學生，1984 年。
10. 《莊子藝術精神析論》，顏崑陽著，華正，1985 年。
11. 《中國美學思想史》，敏澤著，齊魯書社（山東濟南），1989 年。
12. 《中國美學史大綱》，葉朗著，滄浪出版社，1986 年。
13. 《中國文學批評史》，郭源新著，文匯堂，1960 年。
14. 《老莊新論》，陳鼓應著，五南圖書，1993 年。
15. 《老莊思想論集》，王煜著，聯經，1980 年。
16. 《莊學研究》，崔大華著，北京人民出版社，1992 年。
17. 《莊子文藝觀研究》，陳引馳著，文史哲，1991 年。
18. 《莊周風貌》，楊儒賓著，黎明文化，1991 年。